रिटर्न टिकट

(उपन्यास)

रिटर्न टिकट

रवि कुमार सिंह

ISBN : 978-93-92820-49-6

प्रकाशक:
हिंद युग्म ब्लू
सी-31, सेक्टर-20, नोएडा (उ.प्र.)-201301
फ़ोन- +91-120-4374046

मुद्रक : मनीपाल टेक्नोलॉजीज लिमिटेड
कला-निर्देशन : विजेन्द्र एस विज

पहला संस्करण : 2023
मूल्य : ₹249

Return Ticket
A novel by *Ravi Kumar Singh*

Published By
Hind Yugm Blue
C-31, Sector-20, Noida (UP)-201301
Phone- +91-120-4374046
Email : sampadak@hindyugm.com
Website : www.hindyugm.com

First Edition : 2023
Price : ₹249

कवि केदारनाथ सिंह के बलिया को समर्पित!

1.0

दिल्ली में ठंड अचानक नहीं आता
वह धीरे-धीरे पकड़ता है
कभी मेट्रो से देर रात बाहर निकलते हुए
पैदल चलते हुए
कभी सुबह ही पकड़ लेता है
यकायक बालकनी में

ठंड अपने पीछे लाता है
ढेर सारे किस्सों की चादरें
कनॉट प्लेस की कॉफी की महक
मुखर्जी नगर की चाय
इंडिया गेट की गुनगुनी धूप

पिछले जाड़े में मैं पार्क की उस बेंच पर बैठा था
जहाँ मैंने तुम्हें प्रपोज किया था
अब वो बेंच लोहे का हो गया है
सख्त और चुभता हुआ।

1.1

दिल्ली, अक्टूबर 2021

"अतुल, तू नौकरी छोड़ना चाह रहा है?"

"किसने बताया?"

"दिल्ली के मीडिया गलियारे में चर्चा है। तेरे और निगम में कोई इश्यू है, वो तुझे उत्तर प्रदेश भेज रहा है यूट्यूब का झुनझुना पकड़ाकर।" आसिफ ने चाय का गिलास अतुल को पकड़ाते हुए बोला। यह बत्रा की चाय थी दोनों की फेवरेट जगह। यहाँ की चाय से दोनों की आत्मा तृप्त होती थी।

"क्या बकवास है? दिल्ली से मन ऊब गया है।" अतुल ने झुंझलाते हुए कहा।

"क्या प्रीति की वजह से?"

"नहीं।"

"किसी और बैनर में जाना चाह रहा है?"

"सवाल ही नहीं, निगम ने सबसे बुरे वक्त में मुझे आसरा दिया। यूपीएससी के बाद टूट गया था। पाँच हजार की नौकरी के लिए तरसता था, तब निगम ने मौका दिया था। ऐसे ही दिल्ली में मन नहीं लग रहा है। ऐसा लगता है अपने लोगों से कटकर एक मशीन बनकर कर रह गया हूँ। आई नीड ब्रेक, वही न्यूजरूम, वही डिबेट्स। लखनऊ में अपना स्टार्टअप, एक युट्यूब चैनल, शुरू करना चाह रहा हूँ। मैं नॉर्मल न्यूजफ्लो

से हटके क्रिएटिव कंटेंट बनाना चाहता हूँ। निगम राजी है। पब्लिक रिएक्शन देखकर उसे चैनल से जोड़ दिया जाएगा।" चाय की आखिरी घूँट गटकते हुए अतुल बोला।

"देख ले, मुझे तो लगता है तेरी शो की टाइमिंग चेंज करने के बाद से वह तुम्हें किनारे करने में लगा है।"

"छुट्टी ले लो महीने-दो महीने, फिर दिल्ली छोड़ना। दिल्ली ने तुम्हें क्या नहीं दिया–नाम, पहचान, सब।"

"रात दिन वही न्यूज-न्यूज-न्यूज, किसी नेता का इंटरव्यू, किसी अभिनेता का मिर्च-मसाला। मैं कुछ जमीन का काम करना चाहता हूँ, यूपी पर, अवध के हिस्टोरिकल कल्चरल हेरिटेज पर।"

"अतुल यार, तेरे अंदर का यूपीएससी जाग गया है। कोई बात नहीं, लेकिन तुम सबसे बड़े पत्रकारों में से हो। अचानक करियर को रोकना ठीक रहेगा?"

"देखते हैं, बाकी असफल होऊँगा तो वापस आ जाऊँगा। कोई-न-कोई चैनल रख ही लेगा।"

"निगम पर आँख मूँद के भरोसा करना ठीक नहीं, तुम सावधान रहना।"

"लो, दूसरी चाय लो... प्रीति से कोई सेटलमेंट?" कुछ हवा में अटके शब्द की तरह आसिफ ने बहुत धीरे से पूछा। यह ऐसा प्रश्न था जिसे अतुल न तो छोड़ सकता था और न ही पकड़ सकता था।

"अभी काउंसलिंग चल रही है। हो सकता है अगले दो महीने में तलाक हो जाए। बेटी के स्वामित्व को लेकर पेच फँसा हैं। मैं बेटी को किसी कीमत पर अपने पास रखना चाहता हूँ।" अतुल बाहर खुली सड़क को देखने लगा।

"लेकिन, तुम दोनों की अंडरस्टैंडिंग तो अच्छी थी। एफबी और इंस्टा पर तुम दोनों छाए थे। फिर अचानक? फेसबुक पर इतने फोटो तुम लोगों

के भरे पड़े हैं, फिर क्या हो गया? तुम लोगों के फोटोज देखकर हम लोग छुट्टियाँ प्लान करते थे।"

"प्लीज आसिफ, लीव दिस।"

"दिल्ली में सर्दियों का शुरू होना एक उत्सव-सा लगता है लेकिन तूने दिल्ली छोड़ने का पूरा प्लान कर लिया है। आज शाम को साथ डिनर करते हैं, एक बढ़िया देसी स्कॉच मेरे पास आई है।"

"नो थैंक्स, यार आज शाम को प्रीति के वकील से मिलने जाना है। उसकी ओर से आउट ऑफ कोर्ट सेटलमेंट प्रपोजल आया है।"

"संडे को तेरे बिना पीने में मजा नहीं आता है। मुखर्जी नगर में बत्रा की चाय मिस होगी। मुखर्जी नगर, ए ड्रीम फॉर आईएएस-आईपीएस। अतुल, तब आईएएस बनना ही जिंदगी थी। ऐसा लगता था कि आईएएस नहीं बनेंगे तो जीवन खत्म हो जाएगा।"

"एक भूकंप की तरह सारे रिजल्ट आते गए रिक्टर स्केल– 4... 5... 6... अंतिम वाला तो रिक्टर स्केल 10 का था और तब लगा कि सब कुछ तबाह हो गया। जीवन फिर से खड़ा करना पड़ा।" अतुल ने पास की सारी कोचिंग की होर्डिंग्स को उड़ती आँखों से देखा। वे वैसे ही थे, आज से 10 साल पहले की तरह।

"आसिफ, मैं एक चाय और बोलता हूँ।"

"वहाँ भी आईटी चौराहे की चाय होगी।"

1.2

"बेटी मुझे मिल जाए तो मैं सेटलमेंट को तैयार हूँ।"

"तुम उसे रख पाओगे? जॉब, फिर तीन साल की बच्ची।" केडी ने मुस्कुराते हुए कहा।

'शुद्ध वकील है।' अतुल ने मन में सोचा। उसे केडी की मुस्कुराहट पर गुस्सा आ रहा था।

"जॉब तो प्रीति भी कर रही है।

"लेकिन वो माँ है।"

"पूरा दिन प्ले स्कूल में मेरी बेटी पड़ी रहती है, मैं सिर्फ चुप हूँ। मैं कोई इश्यू नहीं चाहता। कोर्ट का जो निर्णय होगा वो मुझे मान्य होगा।"

"कोर्ट में तो अभी टाइम है, प्रीति अपना नया जीवन शुरू करना चाहती है।"

"तो रोका किसने है? वह पिछले एक साल से शशांक के साथ लिव इन में है ही। देखो, आउट ऑफ कोर्ट सेटलमेंट तो असंभव है। अपनी बेटी के लिए जहाँ लड़ना पड़ेगा मैं लड़ूँगा।"

"प्रीति का कहना है वह तुम्हारी बेटी नहीं है, तुम इंपोटेंस हो। तलाक का यही आधार उसने बनाया है। खैर यह तो सभी केस में महिलाएँ आरोप लगाती हैं।" केडी अतुल से मजा ले रहा था।

"इंपोटेंस, तुमने ही केस फिलिंग में लिखवाया है और पुलिस को जो एफआईआर उसने लिखवाया है उसमें तो 377 तक करने वाला हैवान हूँ। यह विरोधाभास कैसे साबित करोगे? एक तरफ मैं नपुंसक हूँ और दूसरी

तरफ 377 का मुजरिम हूँ। तुम्हारे जैसा वकील हो तो इंसान सारे मुकदमे हार जाए।" अतुल का चेहरा लाल था।

"भाई, तुझे तीन बार बचाया है। इस बार भी मैं तुम्हारा ही वकील होता।"

"वो तो पाँच लाख उधर ज्यादा मिल गया। कोर्ट डीएनए तो करवा ही सकता है।"

"इतना गुस्सा मत हो। क्या पिएगा?"

"तू सोच भी कैसे सकता है कि मैं तेरी इस बकवास को मान लूँगा। मैंने सोचा कि तू पैच-अप करवाएगा, इसलिए तेरे पास चला आया। साला सुबह के छह बजे ही उठा दिया। अतुल, आ जा शाम में बात करते हैं आउट ऑफ कोर्ट सेटलमेंट के लिए।"

"स्कॉच चलेगी?"

"ब्लू लेबल।"

"मैं तेरा दुश्मन थोड़े हूँ। वो तो प्रीति ने मुझे अपना काउंसिल बनाया। तेरे भी तो तीन मुकदमे मैंने लड़े हैं। तुझे जेल जाने से, मान हानि के मुकदमे तक में बचाया था।"

"तुझे बीसियों मुकदमे मैंने दिलवाए हैं, लेकिन पाँच लाख के लिए तू प्रीति की साइड हो गया।"

"तुझे खुद मेरे पर यकीन नहीं था, तूने परिहार को अपना काउंसिल पहले ही बना लिया था। भाई, मैंने तेरे भले के लिए कहा था। प्रीति नया जीवन शुरू करना चाहती है। तुझे भी तलाक लेकर अपना नया जीवन शुरू करना चाहिए। कब तक उन्हीं चीजों के पीछे पड़ा रहेगा? इतना बढ़िया करियर है, तुझे आगे बढ़ना चाहिए।"

"बेटी न होती, तो मैं सेटलमेंट कर लेता। पता नहीं शशांक मेरी बेटी को अपनी बेटी की तरह ट्रीट करेगा या नहीं।"

"यदि तुमने भी दूसरी शादी की तो तुम्हारी पत्नी तुम्हारी बेटी को क्या

अपनी बेटी की तरह ट्रीट कर पाएगी?"

"मैं इसीलिए तो चाह रहा हूँ कि हम लोग साथ रहें। ये डिवोर्स तो अनन्या को बहुत नुकसान करेगा।"

"यह मुश्किल है। प्रीति तुम्हारे साथ नहीं सेटल होगी। मैं जान गया हूँ। वापसी मुश्किल है। कोर्ट-कचहरी तुम दोनों के रिश्तों को और खट्टा करेगा। यह बच्चे के परवरिश पर गलत असर डालेगा।"

"कोई रास्ता निकलेगा?"

"तू मेरी बात माने तब न। तू सोडा के साथ लेगा या पानी के साथ?"

1.3

अतुल हफ्ते भर यूँ ही दिल्ली की सड़कों पर घूमता रहा। अपने दूसरे सबसे प्यारे शहर को छोड़ना आसान नहीं होता है। जितना वह दिल्ली को छोड़ने की सोचता उतना ही उसे दिल्ली से लगाव होने लगता। इस शहर ने क्या नहीं दिया, अच्छी नौकरी, बड़ी पहचान। दिल्ली, गालिब की दिल्ली, जौक़ की दिल्ली।

इन दिनों गरचे दक्कन में है बड़ी कद्र-ए-सुखन
कौन जाए जौक पर दिल्ली की गलियाँ छोड़कर।

अतुल 15 साल पहले सभी युवा मन की आकांक्षाओं को पाले हुए लखनऊ छोड़कर दिल्ली आया था। एक पल में पुराने 15 साल याद आ गए। दिल्ली करियर बनाने आया था, मगर सफल नहीं हो पाया था। सिविल के चार अटेंप्ट खत्म चुके थे। पीसीएस में भी कुछ खास नहीं कर पाया। तब निगम ने सहारा दिया। उसने पत्रकारिता ज्वॉइन की। उसने अपनी मेहनत और लगन तथा विषय की पकड़ से उसे बेहतर किया।

एक खूबसूरत शादी और एक प्यारी बेटी। दो साल पहले तक वह दुनिया का सबसे सफल इंसान था। बढ़िया पैकेज, बड़ी गाड़ी, नोएडा में फ्लैट और उत्तराखंड के द्वारहाट में एक फॉर्महाउस। लेकिन पिछले साल से सब फिसलने लगा। अब पत्नी से डिवोर्स और बेटी के स्वामित्व को लेकर कोर्ट-कचहरी में उलझा है।

रातों में कई बार उसकी नींद खुली। 15 साल बाद वहीं वापस जाना जहाँ एक अधूरा प्यार छोड़ आया था– अतुल, तुम अभी भी खाली हाथ!

'अतुल, तुम सब कुछ चाहते हो, एक दिन तुम्हारे पास कुछ नहीं रहेगा। फिर मेरे पास भी तुम्हारे लिए कुछ नहीं रहेगा।' शुभी ने अलग होते वक्त कहा था।

1.4

"अतुल, या, प्लीज कम, बैठ। कैसा चल रहा है ?"

"बढ़िया सर।"

"लखनऊ का प्रोग्राम कब बना रहे हो ?"

"नेक्स्ट वीक।"

"एनी प्रॉबलेम ?"

"नो, थैंक्स !"

"देख, पिछले महीने तुझसे डिस्कस भी किया था। मैं सोच रहा हूँ कि सोशल मीडिया में चैनल की पकड़ कमजोर है। हम पिछड़ रहे हैं, चैनल की प्रेजेंस लखनऊ और पूर्वांचल में विशेष रूप से कम है। अगला विधानसभा चुनाव यूपी में होना है। यह हमारे लिए बढ़िया मौका है। अपनी एक सोशल मीडिया टीम होनी चाहिए जो न्यूज को क्रिएटिव कंटेंट के रूप में प्रस्तुत करे। तुम लखनऊ में लोकल हो, तुम बेहतर कंटेंट दे सकते हो। हम और संजय डिस्कस कर रहे थे कि तुम यूट्यूब चैनल पायलट प्रोजेक्ट स्तर पर चालू कर दो। फिर विधानसभा चुनाव में ऑफिशियली लॉन्चिंग कर दिया जाएगा। मैंने कुछ लोगो फाइनल किए थे, तुमने देखा था ?" निगम चुप हो गया। उसे लगा उसने एक ही साँस में ज्यादा बोल दिया।

"हाँ, सब ठीक हैं, पर अभी कुछ टाइम लेकर डिसाइड करना ठीक रहेगा।"

"पार्टनर समय नहीं है, विधानसभा चुनाव सर पर है। प्लीज समझो।"

"नेक्स्ट वीक फाइनल। अब कॉफी मँगाओ।"

“जब तुझे निकलना हो जिस टीम को साथ ले जाना हो ले जाना, यू आर फ्री। तू कोई भी कंटेंट बनाए, हमारे लिए एसेट है। बस यह ध्यान रखना पूरे यूपी की झलक हो कंटेंट में। उसे लोक कलाकारों और फ़ोक म्यूजिक से भावनात्मक रूप से जोड़ना है। पब्लिक को ग्लोबल टाइप अप्रोच ओके? और सिर्फ यूपीएससी टाइप के कंटेंट में मत खो जाना। वहाँ शर्मा की चाय है, टुंडे के कबाब हैं, और बास्केट चाट भी है, हमें सारे फ्लेवर चाहिए। विधानसभा चुनाव में मैं भी तुम्हें ज्वॉइन करूँगा। तू समझ रहा है न?”

“या...” अतुल का उत्तर हवा में लटक रहा था। निगम को इसकी आदत थी।

1.5

अतुल देर रात तक अपनी फेसबुक और इंस्टा अकाउंट देखता रहा। सैकड़ों फोटो प्रीति के साथ। हजारों लाइक्स। प्रीति जहाँ भी जाती थी वहाँ उसे फोटो खिंचवाने का बहुत शौक था।

'अतुल, प्लीज स्माइल। तुम कैसा चेहरा बना लेते हो? प्लीज अतुल, ब्लू शर्ट पहनो, मैं भी ब्लू अटायर पहनूँगी। मैचिंग रहेगी। फोटोज अच्छी आएँगी।'

"हेलो अतुल, सुबह से कितना फोन किया, सो रहे हो क्या?"

"अरे यार रात देर तक जगा था, पता ही नहीं चला तुम्हारा फोन कब आया।"

"ऑफिस नहीं आओगे, सब ढूँढ़ रहे हैं तुम्हें। निगम सर भी याद कर रहे हैं। तुम्हारी विदाई की पार्टी है।"

"हाँ यार... मैं आता हूँ 10 मिनट में।"

'विदाई!' अतुल देर तक सोचता रहा।

1.6

"सब पैक हो गया है?"

"सर, एक बार आप चेक कर लीजिए, कोई इंपोर्टेंट सामान या कागज न छूट जाए।"

'क्या लेकर ही जा रहा हूँ। कुछ छूट न जाए का डर कितना पीछा करता है। बेटी, रिश्ते सब तो छोड़े ही जा रहा हूँ।' बुझे मन से अतुल ने सोचा।

"सुरेंद्र, परेशान न हो, अपना घर है। अगली बार चला जाएगा। तुम नीचे चलो मैं लॉक करके आता हूँ।"

अपार्टमेंट सूना लग रहा था कितनी खुशी मिली थी दोनों जब शिफ्ट हुए थे। प्रीति को सोसाइटी बहुत अच्छी लगती थी।

प्लीज don't disturb, Intelligent mind on work. –अपने कमरे के बाहर प्रीति ने यह स्टीकर लगाया था। प्रीति को पढ़ने का बहुत शौक था। उसने अपना छोटा स्टडी रूम बनाया था। अलगाव के आखिरी महीनों में प्रीति उसी कमरे में शिफ्ट हो गई थी।

अतुल दरवाजे पर देर तक खड़ा रहा। प्रीति सोई होगी, कोई किताब उसके सिर के पास पड़ी हो। अतुल ने बहुत धीमे से दरवाजा खोला। कोई व्यक्ति था, या भावनाएँ थीं, वह उन्हें छेड़ना नहीं चाहता था।

वहाँ कुछ नहीं था।

खिड़की पर लगा पर्दा हवा से फड़फड़ा रहा था। बिस्तर के पास साइड टेबल पर परछाई थी। गोलू की परछाई। बेटी का फेवरेट टैडी।

अनन्या दिन भर उसे टाँगे रहती थी। ब्रेकफास्ट, लंच, डिनर सब उसी के साथ। सिरहाने की दीवार फोटोज से सजी थी। एक-दो फोटोज में प्रीति, बेटी और अतुल, तीनों साथ थे।

इस साल उनकी शादी की 8वीं सालगिरह होती। प्रीति के जाने के बाद भी कितना कुछ उसका रह गया है। शायद हर रिश्ता खत्म होने के बाद भी कुछ बच जाता है।

'प्लीज अतुल, मेरी अलमीरा को मत छेड़ो, तुम कपड़े इधर से उधर कर देते हो।'

अलमीरा में दो जोड़ी सैंडल, कुछ कपड़े थे। उसने सोचा, सुरेंद्र को बोलकर प्रीति के कपड़े भिजवा दूँगा।

कितना खुश थे दोनों इस अपार्टमेंट में शिफ्ट होने में। प्रीति के कमरे से जुड़ी सबसे बड़ी बालकनी थी।

'अतुल, हम बालकनी में पूरी शाम बैठेंगे। तुम ऑफिस से जल्दी आना प्लीज!'

'बारिश हो रही है, कितना अच्छा लग रहा है!'

'अतुल, देखो धुंध है, हाऊ रोमांटिक! आज प्लीज ऑफिस न जाओ।'

1.7

"शुभी, मेरी ट्रेन सुबह 6 बजे ही लखनऊ पहुँचेगी, तुम परेशान मत होना प्लीज। लखनऊ मेल का कोई जवाब नहीं। ठीक 6:30 पर पहुँच जाती है।"

सुबह के 6 बजे थे। ट्रेन उतरेटिया क्रॉस कर रही थी। अतुल जल्दी उठकर ब्रश करने लगा। शुभी जरूर आएगी। रात में कितना मना किया हूँ लेकिन वह मानती कहाँ है।

दाढ़ी भी बना लेता हूँ– उसने सोचा। शुभी के सामने दाढ़ी वाला चेहरा ठीक नहीं लगेगा। यूपीएससी मेंस देते वक्त भागमभाग में दाढ़ी बढ़ गई थी।

एनाउंस हुआ- 'यात्रीगण कृपया ध्यान दें। ट्रेन नंबर 12*** दिल्ली से लखनऊ आने वाली प्लेटफॉर्म नंबर 1 पर आने वाली है।'

लखनऊ मेल का कोई जवाब नहीं है, घड़ी मिला ले कोई। अतुल ने खिड़की से झाँका। शुभी पर्पल लॉन्ग फ्रॉक में थी।

"शुभी, मैंने मना किया था न।"

"कोई बात नहीं मेरी जान, छह महीने बाद लखनऊ आ रहे थे। मन नहीं माना।"

"अंकल-आंटी को क्या बताया है ?"

"वॉक का बहाना बनाया है कि श्वेता ने मॉर्निंग में बुलाया है।"

"अतुल... अतुल... कुछ बोलते क्यों नहीं... मैं तुम्हें खोकर नहीं जी पाऊँगी!"

“सर, कहीं चाय पिया जाए?”

“काकोरी कट आ गया?” अतुल हड़बड़ाकर उठा।

“जी सर, आप झपकी लेने लगे थे मैंने जगाया नहीं।”

दोपहर के 3 बजे थे। सुबह 10 के करीब चला था। एक्सप्रेसवे ने एकदम आधा कर दिया समय को। पाँच घंटे में ही लखनऊ पहुँच गए। भाई के दो मिस्ड कॉल पड़े थे।

लखनऊ की प्यारी अक्टूबर की दोपहर थी। पूरा जाड़ा बचा था। अतुल के खून में दौड़ता लखनऊ। विन्नी और निखिल के साथ मिलकर मजा करना है।

अचानक शुभी की धुंधली याद आई– वह भी तो लखनऊ में है।

2.1

लखनऊ

"जनाब यूट्यूब देख रहे हैं।"

"बस टाइमपास, कुछ नहीं यार।"

"टाइम पास करो। टाइम पास हम लोगों के साथ नहीं करेंगे। आप तो बस स्टडी रूम में आ जाएँगे नेटफ्लिक्स और यूट्यूब देखने। अभी पब्लिशर का फोन आया था, मुझ से सिफारिश कर रहा था कि सर जल्दी से किताब कंप्लीट करें।"

"मुझे अब फोन नहीं करता, मैंने पिछले महीने में ही उससे कहा था कि एडवांस वापस ले ले, मैं किताब नहीं लिख पाऊँगा।"

"जान गया है कि अब मैं ही लिखवा सकती हूँ लेकिन साहब तीन साल हो गए, न किताब लिख रहे हैं न... कोई समस्या हो तो मुझे बताओ, मैं 10 साल से तुम्हें जान रही हूँ, एक दोस्त की तरह तो बता ही सकते हो। बच्चे भी परेशान हैं। अर्जुन कहता है कि मेरे डैडी मुझसे खेलते ही नहीं हैं, पहले मुझे लगा कि बुक पर काम कर रहे हो। लेकिन वह भी नहीं। कोविड में यूनिवर्सिटी भी नहीं गए।"

"कुछ नहीं, थोड़ा अलग आलस है।"

"आलस नहीं कुछ और है, डिस्कस करो। मैं तुम्हें अच्छे से जानती हूँ।"

"आई एम ट्राइंग माय बेस्ट!"

"हर सवाल का एक ही जवाब। अब ब्रेकफास्ट तो कर लो, कोविड ने और आलसी बना दिया है।"

विन्नी को तसल्ली हुई, चलो ज्यादा बहस नहीं करनी पड़ी। विन्नी यानी विनीत, Associate professor in a reputed Pvt. University and writer of two best seller... लेकिन पिछले 2-3 सालों से वह उत्साहहीन हो गया था। ऐसा लग रहा था कि वह लाइफ को ढो रहा है। दो किताबों के बेस्टसेलर होने के बावजूद वह अपने तीसरे किताब के लिए पिछले तीन साल से जूझ रहा है। वह पहले से कम बोलने लगा है। घर के एक कोने में पड़ा मोबाइल और गेम में व्यस्त रहता है। कभी-कभार ऑनलाइन क्लास पढ़ा लिया, बस।

'अगली किताब कब आएगी, कब आएगी, कब आएगी... ये सुन-सुन के इरिटेट हो गया हूँ। आज सैटरडे है, दो दिन बाद डीन से लेक्चर सुनना है।' विन्नी ने सोचा। 'रोज उन्हीं प्रश्नों से लड़ना।'

सुबह के 11 बज चुके थे। उसने अपने शरीर को किसी तरह उठाया। ब्रश लेकर बालकनी में भागा। यह उसकी फेवरेट जगह थी। सामने पार्क था।

अक्टूबर के ढलते दिनों की यह उदास सुबह थी। हवा एकदम खुश्क और हल्की ठंड लिए हुए थी। अभी पूरी सर्दियाँ और त्योहार बचे हैं। विन्नी का सबसे सुहाना मौसम!

नवप्रवालोद्गमसस्यरम्यः प्रफुल्ललोध्र परिपक्वशालिः।
विलीन पद्मः प्रपतत्तुषारो हेमन्तकालः समुपागतोअयम्समुपागतः प्रिये।

यह कालिदास का हेमंत है। सुबह ओस पड़ने लगी है। फसलों के अंकुरों से सजी धरती, सुबह की नर्म घास पर पड़ने वाली ओस।

बाबा छत पर सोने से मना करने लगते थे। "बाबू, अब शीत पड़ने लगी है, छत पर न सोवो, नुकसान करेगा।"

धान कटाई के बाद बगीचे साफ-सुथरे हो जाएँगे फिर पूरा दिन क्रिकेट, क्रिकेट और क्रिकेट। उसकी प्यारी सर्दियाँ शुरू होने वाली हैं और वह इतना उदासीन है।

विन्नी क्या तुम विश्वास करते हो ? वह जो तुमने जिया है ?

2.2

आईटी यूनिवर्सिटी कैंपस

"मॉर्निंग सर, आपने बुलाया?"

"मॉर्निंग विन्नी, बैठो।"

"मिस्टर विनीत, गोल्ड मेडलिस्ट इन साइकोलॉजी 2008, दो बेस्टसेलर किताबों के लेखक, हमारे यूनिवर्सिटी के एसोसिएट प्रोफेसर, आपका अप्रेजल भरना था।"

यह डीन निलय सर का तंज था। विन्नी इसके लिए तैयार था।

"पिछले साल 300 दिन में 6000 मिनट कोई भी क्लास 20 मिनट से ज्यादा नहीं। पिछले तीन साल में कोई भी रिसर्च प्रोजेक्ट कंप्लीट नहीं। न ही आपके किसी स्टूडेंट ने कोई रिसर्च कंप्लीट किया है। आर्टिकल कोई नहीं। वेबिनार्स? नो।"

"वेबिनार्स से मुझे घिन आती है। मोबाइल और कंप्यूटर्स पर चटाते रहो।"

"मैंने वेबिनार्स का जिक्र जान-बूझकर किया। वेबिनार्स से तो मुझे भी ऊबन होती है। बकवास।" डीन प्रोफेसर निलय सर ने कसैला मुँह बनाकर कहा।

"लेकिन यह बताओ पार्टनर, क्या हो गया है तुम्हें? वो आग कहाँ गई? यह प्राइवेट यूनिवर्सिटी है। यहाँ स्टूडेंट्स फीडबैक अप्रेजल मायने रखता है। यह अप्रेजल एक्सेप्ट होना मुश्किल है। नौकरी से निकाले जा

सकते हो, यू आर ए ब्रिलिएंट साइकोलॉजिस्ट, तुमसे बहुत उम्मीदें हैं। मैं तुम्हारा सीनियर हूँ, तुम्हें खोना नहीं चाहता। तुम्हारे बिना यह यूनिवर्सिटी काटने को दौड़ेगी।"

"आई एम गेटिंग टायर्ड। मुझे सब बकवास लग रहा है। मेरा मन ऊब गया है।"

यह बम था जिसे विन्नी फोड़ना चाह रहा था। बाहर गोल्फ सिटी का बड़ा मैदान था। विन्नी को लगा कि उसने जल्दबाजी की कहने में। पिछले कुछ महीने से वह यही कहना चाह रहा था।

"हाँ बकवास तो है। कुछ लोगे?"

"ब्लैक कॉफी।"

"हाँ शुभम, दो ब्लैक कॉफी और दो सैंडविच ले आना। अब बताओ इत्मीनान से। मार्लबोरो या गोल्डफ्लेक?"

"कोई भी।"

"विन्नी, सिगरेट तनाव को धुएँ में उड़ा देती है।"

"कुछ खास नहीं। मैं एंजॉय नहीं कर पा रहा हूँ। मुझे अपनी साइकोलॉजी की किताबों से ऊबन होने लगी है। रोज अपने आप से लड़ता हूँ। दिमाग में एक ही सवाल आता है कि इस समाज को साइकोलॉजी की क्या जरूरत है? कोविड जैसी ही महामारी में हम क्या कर पाए? सॉइकोलॉज़ी के होने न होने से समाज को क्या फर्क पड़ता है?"

"देखो ऐसा होता है, जॉब के एक दौर में ड्रीम जॉब भी बुरी लगती है। मुझे लगता है एक बेसिक प्रॉब्लम है। इसको लेकर स्ट्रेस क्या पालना! तुम्हारी फैमिली लाइफ और सेक्स लाइफ कैसी है?"

"एवरेज ऐज नो प्रॉब्लम।" विन्नी को इस प्रश्न की उम्मीद नहीं थी। वह अनकंफर्टेबल हो गया।

"मोनोटोनस?"

"कह सकते हैं।"

"ऐज यूजुअल..."

"मुझे लगता है कि साइकोलॉजी का कोई मूल्य नहीं है।"

"विभाग बंद करवाओगे और कुछ नहीं। कितनी मुश्किल से एक प्राइवेट यूनिवर्सिटी में प्रेजेंटेशन दे-दे के विभाग शुरू करवाया है।"

"तुम्हें क्या लगता है किसी चीज का कोई मूल्य है?"

"आज से मिली मिलियंस साल पहले डायनासोर रहते थे, हम नहीं थे। लेकिन वे खत्म हो गए। इसका क्या लॉजिक है? सूर्य, पृथ्वी जैसे कई ग्रह-उपग्रह तारे बनते हैं खत्म होते हैं। एक दिन सूर्य भी नहीं होगा। हो सकता है कि हमसे बेहतर उन्नत कोई दुनिया या ब्रह्मांड में हो या शंकर की तरह सब माया हो।"

"किसी चीज का कोई मूल्य है क्या विज्ञान के पास, कोई उत्तर है? इतनी बड़ी मेडिकल इंडस्ट्री है, क्या हम मृत्यु पर विजय प्राप्त कर पाए? फिर कोविड में डॉक्टर्स के पास ही क्या था? हम पुराने तरीकों से ही तो बचे, एक मास्क और एक सैनिटाइजर और सोशल डिस्टेंसिंग, जो पुराने तरीके थे।"

"तो किस चीज का मूल्य है, बताओ? इस बार गोल्डफ्लेक लो।" निलय ने पैकेट बढ़ाते हुए कहा।

"सर, वन सिगरेट इज सफिशिएंट।"

"ले लो, मैंने भी छोड़ा था लेकिन कोविड के सन्नाटे ने फिर से पीना सिखा दिया है। कोविड में एक कलीग और दो रिलेटिव को खो चुका हूँ।" सिगरेट के पहले काश के साथ ही प्रोफेसर निलय का दर्द निकलने लगा।

"वैदेही को हम लोग बचा सकते थे, उसने खुद ही बहुत लेट कर दिया था। उसने तो मेरे इतना कहने के बाद टेस्ट कराया। वह कोविड को एक सिंपल सर्दी-बुखार मानती रही। साइकोलॉजी के लिए वह एक एसेट थी। विन्नी, तुम्हें याद है, जब हॉस्टल में मेरी सिगरेट खत्म हो जाती थी तो मैं तुमसे लेता था?"

"महीने के अंत तक आपकी फेलोशिप भी खत्म हो जाती थी।"

"देखो तब मेरे पास 20 रुपये भी नहीं होते थे। आज मैंने चार प्राइवेट यूनिवर्सिटी में साइकोलॉजी को सब्जेक्ट बनाया। हम कैसे कह सकते हैं कि यह यूजलेस है? विदेशों में तो साइकोलॉजिस्ट कंसल्टेंट बहुत अहमियत रखते हैं।"

"रात-दिन तुम्हीं गाना गाते थे बहुत स्कोप है साइकोलॉजी में, मुझे यूपीएससी नहीं देने दिया। आज भी जब लखनऊ के डीएम की ब्लैक एंबेसडर देखता हूँ तो एक टीस उभर आती है। अब तुम्हीं कह रहे हो कि ऊब रहा हूँ।"

"विन्नी, तुम्हें फिर से स्टूडेंट बनने की जरूरत है। भूल जाओ कि तुम प्रोफ़ेसर हो। तुम एक लेखक हो। सब भूल जाओ। फील्ड में जाओ फिर से सैंपल कलेक्ट करो। रिसर्च करो मैंने पिछले कुछ दिनों से तुमको लेकर कुछ सोचा है। हमारी फैकल्टी से एक प्रोफेसर मैरिज काउंसलिंग के लिए जाते हैं। मैं तुम्हें वहाँ भेजता हूँ, पब्लिक से नॉर्मल वन-टू-वन टच विकसित करो। उन्हें समझो, इसका मजा लो। मुझे लगता है इट विल हेल्प यू।" निलय ने इस बार सिगरेट का लंबा कश लिया। ऐसा लगा कोई बात थी या तनाव था जिसे वो महीनों से दबाए बैठा था जिससे आज वह मुक्त हो गया हो।

"मैरिज काउंसलिंग? ये क्या मुसीबत है।"

"दो लोगों के बीच एक खूबसूरत प्यार, फिर शादी, फिर तकरार, लड़ाई-झगड़े, क्रिमिनल केस और फिर तलाक की अर्जी। फिर दो व्यक्तियों का मसला आता है कोर्ट में। कोर्ट बड़े-बुजुर्ग की भूमिका में पति-पत्नी से कहता है कि आप तीन महीने का एक कूलिंग पीरियड लो और अपने फैसले पर विचार करो, शायद पैचअप हो जाए। फिर हमें घर के बुजुर्ग समझाते हैं। पहले यह काम घर और समाज करता था, अब एक प्रोफेशनल टीम करती है।"

“लेकिन सर, अनुभव कुछ नहीं।”

“यू आर सिंसियर एंड मेच्योर। हैप्पिली मैरिड सिंस एट ईयर्स एनफ।”

“क्या मैं बूढ़ा दिखता हूँ?”

“तुम 40 का होने जा रहे हो, यह पर्याप्त नहीं है? फेसबुक और इंस्टा पर कितना खुश दिखते हो।”

“कब जाना है?”

“कल से! बेस्ट ऑफ लक!”

3.1

काउंसलिंग सेंटर

फाइल नंबर 423 k

पति- प्रकाश कुमार

व्यवसाय- बैंक मैनेजर

योग्यता- बीटेक

पत्नी- काव्या

व्यवसाय- टीचर मोंटेसरी स्कूल

शादी- 2 वर्ष

बच्चे- कोई नहीं

शादी- लव मैरिज/अरेंज मैरिज भरा नहीं गया है

दोनों पक्ष के बीच के मुकदमे

1. पत्नी द्वारा दर्ज अभियोग मुकदमा अपराध संख्या 36/ 2020 थाना xyz धारा 498a 376/ 377

2. पति द्वारा दर्ज अभियोग मुकदमा अपराध संख्या 61/20 धारा 307/ 323 थाना xyz

तारीखें

पहली तारीख- 8 जुलाई, केवल डेट ली गई

दूसरी तारीख- 18 अगस्त, केवल डेट ली गई

तीसरी तारीख- आज दिनांक 10 अक्टूबर

तारीख पे तारीख, तारीख पे तारीख, तारीख पे तारीख...

"विनीत बाबू, यह पहला कोर्ट है जहाँ लोग तारीख लेने में इतनी दिलचस्पी दिखाते हैं। किसी को हमारे काउंसलिंग में इंटरेस्ट नहीं होता है। सब जल्दी से जल्दी तारीख लेकर तलाक लेने के लिए कोर्ट भागते हैं।" वकील साहब का मुस्कुराता चेहरा था।

"मैम, पति को बुलाएँ या पत्नी को?"

"पति को बुलाओ। हालाँकि कोई विशेष प्रगति की उम्मीद नहीं है।" सुचित्रा मैम का उदास उत्तर था। वह काउंसलिंग हेड हैं।

एक फॉर्मल पैंट और शर्ट में 35 के आस-पास की काया थी।

"मिस्टर प्रकाश, लुकिंग स्मार्ट! लखनऊ में ही हैं या?"

"मैम, बनारस ट्रांसफर हो गया है।"

"सो नाइस, क्या मन बनाया है, कोई समझौता या कोई गुंजाइश है?"

"मैम, आप फाइनल रिपोर्ट लगा दें ताकि हम कोर्ट में तलाक की प्रक्रिया चालू कर पाएँ। मैं बनारस से आया हूँ। बहुत भाग-दौड़ की इच्छा नहीं है।"

"प्रकाश, रिपोर्ट लग जाएगी, उसके लिए परेशान न हो। हम चाहेंगे कि एक-दो महीना आप धैर्य रखें, कुछ बात बनाने का प्रयास किया जाए।"

"मैम, मैं पिछले दो महीने से वाराणसी में हूँ, आई एम मोर दैन हैपी। बहुत हल्का और बेहतर महसूस कर रहा हूँ। मैं वापस नहीं जाना चाहता। उसकी परछाई तक से नफरत हो गई है। मैं उस शहर में नहीं रहना चाहता जहाँ वो हो। कितना रिक्वेस्ट करके मैं बनारस भागा हूँ। आई वांट डिवोर्स ऐट एनी कॉस्ट।"

"परछाई तक से नफरत हो गई है!" वकील साहब जोर से हँसे।

"मिस्टर राजेंद्र, प्लीज!"

"सॉरी मैम!"

"मिस्टर प्रकाश, आप लोगों के बीच के मुकदमे? उनको कहाँ लेकर जाएँगे, उसको लेकर नया जीवन कैसे शुरू करेंगे?"

"सर, आई एम रेडी टू फिनिश इट।"

"इट साउंड्स गुड!"

"थैंक्स!"

"अभी एक बार आपकी पत्नी से बात करके हम आपको आख्या दे देते हैं कि अब आप दोनों के बीच समझौते की गुंजाइश खत्म हो गई है।"

"थैंक्स अ लॉट!"

"विजय, अब महिला को बुलाओ।"

उसकी उम्र 28 से 30 के बीच होगी, महिला ने क्रीम कलर का सूट पहना था।

"मैडम, लुकिंग फैबुलस! टीचिंग कैसी चल रही है?" वकील ने कहा।

"थैंक्स सर! बेहतर।"

"काव्या, आप और मिस्टर प्रकाश में इन एक महीने में कोई बातचीत हुई? आप दोनों में कोई सहमति बनी है अपने रिश्ते की कंटीन्यूटी को लेकर?" सुचित्रा मैम ने पूछा।

"मैं कोई कंटिन्यूटी नहीं चाहती, मैम प्लीज और आज तीसरी तारीख है। आप फाइनल रिपोर्ट दे दें प्लीज। मैं ऊब गई हूँ, किसी तरह छुट्टी लेकर आई हूँ।"

"मैम, एक बार आप देख लें। हम लोगों को कोई जल्दी है नहीं। एक महीना इस खूबसूरत रिश्ते को और दे दें।" सुचित्रा मैम ने कहा।

"नो थैंक्स, मैम!"

"वकील साहब, फाइनल रिपोर्ट दे ही देते हैं। मैम, क्रिमिनल केस जो आप लोगों के बीच है?" सुचित्रा मैम ने पूछा।

"मैं उसमें इंटरेस्टेड नहीं हूँ, बस हम लोगों का डिवोर्स हो जाए। मैं नयी शुरुआत करना चाहती हूँ।"

"तो इस बात पर सहमत हैं कि पुलिस कोई कार्रवाई नहीं करे और कोर्ट से तलाक चाहते हैं?" सुचित्रा मैम ने पूछा।

काव्या का रिएक्शन शून्य था। एक ऐसा रिएक्शन जिसमें संदेह और आश्वस्ति दोनों हो। विन्नी को लगा कि इतने औपचारिक माहौल में मिडिएशन की यही नियति हैं।

"ओके मैम, अभी थोड़ी देर में आख्या तैयार करके आप दोनों को एक प्रति दे देते हैं।" वकील ने कहा।

"विजय, एक अंतिम रिपोर्ट आख्या बना के लाओ। विनीत को दे देना। उसे मालूम हो कि आख्या कैसे बनाई जाती है।"

"विनीत, आज तुम्हारा पहला दिन है इसलिए बोर हो रहे हो। धीरे-धीरे आदत हो जाएगी। बस एंजॉय करो, और समझने की कोशिश करो।"

"तुम्हें लगता होगा कि हम कुछ कर ही नहीं रहे हैं। बहुत लोगों को लगता है। हम बहुत अनौपचारिक होकर ज्यादा कुछ पूछ भी नहीं सकते। लोगों का एक ही जवाब होता है, आप हमारे निजी जीवन में क्यों झाँक रहे हैं। बस तारीख दे दो हमें, केवल तारीख।"

"तारीख पे तारीख।" कहकर इस बार वकील साहब ने ठहाका लगाया।

"एफआईआर में 376/ 377/ 498a न जाने कितनी धाराएँ लगाई जाती हैं, जो पब्लिक डोमेन में हैं। प्राकृतिक-अप्राकृतिक सारे यौन संबंधों का वर्णन होगा, लेकिन हमारे यहाँ आते ही आप हमारे निजी जीवन में ताक-झाँक क्यों कर रहे हैं? कोई खुल के बात तक नहीं करना चाहता है।"

"तुम रहोगे तो ठीक रहेगा, एक साइकोलॉजिकल एक्सपर्ट हमारे साथ रहेगा तो शायद हम और बेहतर कर सकें।"

"विजय, दूसरी फाइल लाओ।"

"फाइल नंबर 468 g –मिस्टर सुशील... दीदी वह आया नहीं।"

"एक बार बाहर आवाज तो लगा।"

"दीदी, मैंने कई बार आवाज लगाई है, वह नहीं आया है। आज बस पाँच फाइलों पर लोग आए हैं।"

"कितने लोगों को बुलाया गया था?"

"दीदी 28 कपल्स को बुलाया गया था।"

"10 या 20 परसेंट लोग आते हैं लेकिन 1 या 2 परसेंट लोग ही इंट्रेस्ट लेते हैं।"

"मैम, सब लड़-लड़ के थके रहते हैं। यहाँ भी लड़ना ही है। विजय, चाय ले आओ। आज थका-सा लग रहा हूँ।"

"जिस फाइल के लोग आएँ उन्हीं को भेज दो। पहले कोई फ्रेश फाइल भेजना, विनीत पहला स्टेप देखे।" वकील साहब ने कहा।

पति नाम- राहुल

डेट ऑफ बर्थ- 1994

व्यवसाय- होटल प्रबंधक

योग्यता- एमबीए

पत्नी का नाम- रुचि

डेट ऑफ बर्थ- 1995

व्यवसाय- अपना बिजनेस

शादी- 2021

अभियोग का संपूर्ण विवरण–

पत्नी द्वारा पंजीकृत अभियोग- 376/ 377/ 498 dp Act

पति द्वारा दर्ज अभियोग- 395/ 323 IPC

"शादी को अभी मात्र आठ महीने ही हुए हैं। आठ महीने में क्या

प्रॉब्लम हुआ? लड़के को भेजो।"

"क्या डैशिंग पर्सनेलिटी है।"

एक यंग चेहरा 25-26 की उम्र, जींस-टीशर्ट पहने था।

"राहुल, बड़ा प्यारा नाम है। करते क्या हो बेटा?"

"होटल मैनेजर हूँ।"

"हाँ बायो में लिखा हैं, आई एम सॉरी! बेटा आठ महीने में ही आप दोनों ने डकैती और 377 जैसी सारी धाराएँ लगा दी हैं।"

विनीत एफआईआर पढ़ता है जो राहुल ने अपनी पत्नी पर किया है।

"महोदय थानाध्यक्ष, मैं आज दिनांक 12 अगस्त 21 को अपने घर पर था। मेरी पत्नी रुचि अपने भाई और पिता एवं अन्य अज्ञात लोगों के साथ आई और घर के लॉकर में रखा गहना, एक मंगलसूत्र व 25000 रुपया छीन ले गई। हम लोग बहुत दहशत में हैं। कृपया रिपोर्ट दर्ज करने की कृपा करें।"

"दोनों लोग बाकी जीवन जेल में गुजारने का इरादा कर लिए हैं। डकैती का 10 साल और 377 का 10 साल।"

"जवानी बीत जाएगी। जेल का सबसे बुरा पहलू होता है आप सबसे कट जाते हैं, खुली हवा में साँस नहीं ले पाते हैं। वकील हूँ, मेरे कई क्लाइंट जेल में सजायाफ्ता हैं। मेरा कजिन और उसका बेटा चार साल जेल में रहे थे। जब वे जेल से बाहर आए तो सब बदल गया था। बेटे की जॉब जा चुकी थी, उनका बिजनेस खत्म हो गया था। किसी तरह से वो लोग अपने को धीरे-धीरे सँभाल रहे हैं। जेल में वह कभी पूरी नींद नहीं ले पाया, हर पल उसे डर लगा रहता था कि उसका बेटा कहीं सुसाइड न कर ले।"

वो बैठ गए। वकील साहब कुछ भी कहने से पहले कुर्सी से उठकर चहलकदमी करने लगते हैं।

"मैं पहले से ही इस शादी को लेकर तैयार नहीं था। चार साल से हम लोग लिव इन में थे, कुछ समस्याएँ वहाँ से थीं।"

"फिर शादी क्यों की?"

"कुछ समझ में नहीं आया, बस चीजें होती चली गईं।"

"अलग होने की कोई खास वजह?"

"कोई खास वजह नहीं, बस हम लोग अलग होना चाहते हैं।" राहुल ने दीवार में लगी पेंटिंग को देखते हुए कहा। एकदम सपाट उत्तर था।

"इतना कैजुअल अप्रोच! माँ-बाप ने कुछ नहीं कहा?" वकील साहब उत्तेजित हो गए।

"वकील साहब, प्लीज, सबकी अपनी जिंदगी है। आप पर्सनल हो जाते हैं।" सुचित्रा मैम ने कहा।

"आई एम सॉरी, प्लीज कंटीन्यू।" वकील साहब ने कहा।

"कुछ है जो अनईजी-सा फील होता है। रोज सुबह छोटी-सी बात का झगड़ा बड़ा बन जाता है। ऐसा शादी से पहले भी होता था, लेकिन अब रोज होने लगा है। अब तो वह अपने मॉम-डैड के पास रहने लगी है। अब हम दोनों में कोई बात भी नहीं होती है। वो घर में रहती है, मुझे इसी बात को लेकर चिढ़-सी मच जाती है।"

"इज शी वर्किंग ऑर होम मेकर?"

"वो आईटी एक्सपर्ट है।"

"चलो आप लोग एक साथ न रहो, लेकिन इस मुकदमे का करोगे क्या? आप दोनों का करियर तबाह हो जाएगा। दोनों मुकदमे आजीवन कारावास के हैं। मेरी बात मानो, आप लोग एक-दूसरे से बात करो। पहले दोनों लोग अपने-अपने मुकदमे वापस लो। फिर आगे संवाद बने, एक-दूसरे को समय दो तो होप सो बोथ हैव गुड टाइम्स, टेक योर टाइम, डोंट हरी।"

लड़के ने संदेह से काउंसलिंग टीम को देखा।

"मैम, आई वांट डिवोर्स। एक बोझ-सा हमेशा दिमाग में रहता है। मैं मुक्त और हल्का होना चाह रहा हूँ।"

"अलग होने का ठान लिया है तो हो जाओगे, आपको कोई रोकेगा नहीं। बस धैर्य के साथ थोड़ा अपने को समय दो।"

सुचेता मैम का चेहरा हमेशा शांत बना रहता था।

"तो नेक्स्ट डेट कब रहेगा मैम, मुझे अमेरिका जाना है।"

"आप जब कंफर्टेबल हों।"

"कितनी डेट बाद काउंसलिंग को कंप्लीट माना जाएगा, शायद तीन..."

"बेटा, आप रिश्ते को समय दो। केवल डेट लेने के चक्कर में ना पड़ो। हम तो चाहते हैं कि आप टाइम लो।"

"थैंक्स ऑल ऑफ यू।"

"विजय, लड़की को भेज दो।"

'रुचि...' आवाज लगाई जाती है।

"येस मैम!"

"फ्रॉम लखनऊ ऑर?"

"मैम, बेसिकली हम लोग सीतापुर से हैं, लेकिन अब लखनऊ सेटल्ड हैं।"

"बेटा, आपने एक एफआईआर की है, मैं उसका कंटेंट पढ़ती हूँ– 'थानाध्यक्ष महोदय, थाना xyz... महोदय मैं रुचि पुत्री रामकुमार, मेरी शादी दिनांक 14 फरवरी 2021 को राहुल से हुई है। राहुल और उसके परिवारवाले शादी के बाद से ही मुझे दहेज के लिए प्रताड़ित करते रहे हैं। दिनांक 7 मार्च को मुझे प्रताड़ित करने के लिए राहुल ने अप्राकृतिक यौन संबंध बनाया और अपने पिता और भाई को बलात्कार के लिए सौंप दिया। महोदय, मेरी प्राथमिकी दर्ज करें।' ये एफआईआर किया है आपने।" सुचित्रा मैम ने कहा।

"मैम प्लीज, आई नो व्हॉट एलीगेशंस आई हैव मेड।"

"पति पर अप्राकृतिक यौन संबंध! ससुर और देवर पर बलात्कार! धारा 376 लगा है!"

"उस वक्त मैं एकदम से गुस्से में थी, वकील साहब ने जो एप्लीकेशन दिया मैंने साइन किया।"

"लेकिन बेटा, बताओ आपके ससुर और देवर इवेन पति की क्या इमेज गई होगी सोसाइटी में! खैर इट्स नॉट ए बिग डील, इट्स बिकम युजुअल नाउ ए डेज। आपने अपने पति से लास्ट टाइम कब बात की थी?"

"एक महीना पहले।"

"लिव इन में आप लोग रहे चार साल, फिर शादी के आठ माह बाद मुकदमेबाजी! क्या नयी शुरुआत की कोई संभावना है? आप लोगों का रिलेशन तो पुराना है, पुराना रिश्ता तो एक मैच्योरिटी लाता है।"

"नो मैम, मैं राहुल के साथ कोई नयी शुरुआत नहीं चाहती। आई एम फेडअप विद दिस गाय। मैं शादी के लिए भी अन्कम्फर्टेबल थी। वो तो राहुल की जिद थी।"

"आपका मन नहीं था?"

"आई वॉज नॉट श्योर, फिर शादी हुई तो मुझे अपने निर्णय पर पछतावा होने लगा। कुछ था जो मुझे कुछ गलत लगने लगा था। जैसे कि अचानक घर में जाले लगे हों, जैसे कि छत नीची हो गई हो, जैसे चप्पल गीली हो गई हो, आदि। रोज सुबह मैं अपने आप से लड़ती थी, फिर एक दिन मैंने अपने आप से कहा कि अब बहुत हो गया, मुझे अपने रास्ते अलग करने पड़ेंगे।"

"आपको क्या बार-बार हाथ धोने का मन करता है या फिर बार-बार ताला-चाभी चेक करने का मन करता है?"

"थैंक्स! मुझे साइकोलॉजिकल डिसऑर्डर नहीं है। मैंने आप को देखा है टीवी पर साइकोलॉजिकल एक्सपर्ट के रूप में। शुरू में मुझे लगा कि

मुझे साइकोलॉजिकल समस्या है लेकिन जैसे ही मैं राहुल से अलग रहने लगी, मैं पहले की तरह हो गई हूँ।"

"बेटा, आप कुछ समय काउंसलिंग के लिए देंगे, हम चाहेंगे कि आप जल्दबाजी में कोई निर्णय न लें। हम आपको नेक्स्ट डेट देते हैं।"

"ओके, लेकिन मैं राहुल के साथ नहीं रह सकती।"

सुचित्रा जी के चेहरे पर एक मंद मुस्कान थी– "कोई बात नहीं, वी आर नॉट फोर्सिंग यू। थैंक्स बेटा।"

"दीदी लंच लगाऊँ?" विजय ने चहकते हुए पूछा, जैसे वह घंटों से इसी इंतजार में था।

"आज क्या बनाया है?"

"आप आइए तो।"

"विन्नी, ज्वॉइन अस प्लीज!"

3.2

"तो सारे मीडिएशन असफल हैं।

तुम्हें क्या लगता है ?"

"सारे असफल लग रहे, ऐसा लग रहा है वी आर डूइंग यूजलेस जॉब।" विनीत हताश-सा सुचेता मैम को देख रहा था।

"विन्नी, मेरी बहन को 2015 में कैंसर डिटेक्ट हुआ। चौथा स्टेज था। सोचो मैंने क्या किया होगा ?"

"आप डॉक्टर के पास ले गई होंगी।"

"क्यों ? जब मरना ही है, तो डॉक्टर के यहाँ क्यों ले जाना ?"

"थोड़ा दर्द कम हो सके या ठीक होने की संभावना हो, इसलिए।"

"मरीज में लड़ने का हौसला भी आ सके विन्नी। शुरुआत में वह सुसाइड की सोचने लगी लेकिन डॉक्टर्स के यहाँ बार-बार जाने से उसमें एक हौसला बनने लगा। वह अंत तक जीने के लिए लड़ी। जब एक सबसे खूबसूरत रिश्ते में गाँठ पड़ने लग जाती है, तो आदमी में लड़ने का हौसला खत्म होने लगता है। कभी-कभी जीने का भी।"

"हमारा काम है, उसी हौसले को बनाए रखना। मीडिएशन एक शॉक एब्जॉर्वर की तरह है।"

"विन्नी, हम रिश्तों को बचा पाए या नहीं लेकिन कानूनी और मुकदमेबाजी से तो बचा ही लेते हैं, वरना आधी पत्नियाँ डकैती में और आधे पति 377 के अप्राकृतिक यौन संबंध में जेल में सड़ रहे होते। ए लाइटर नोट।"

इस बात के साथ ही वकील साहब का ठहाका गूँजने लगा जो पूरे डिनर टेबल के माहौल को हल्का बना रहा था।

"देखो, आज भी जो प्रोफेशनल संस्था है वह सामाजिक ताने-बाने की जगह नहीं ले सकता है। हम लोगों के समय में शादियों में रुकावट आती थी तो उसको परिवार मिल-जुलकर सुलझा पाता था। पहले संयुक्त परिवार टूटे, अब एकल परिवार टूटने लगे हैं। टूटन जल्दी और तेज हो गई है।"

"वकील साहब, इसका एक दूसरा पहलू है। पहले सोसाइटी मेल डोमिनेटेड होती थी। पुरुष की सारी बातें मान ली जाती थीं। अब उनकी सत्ता चैलेंज हो रही है, इसलिए ज्यादा टूटन है।"

"हमने संयुक्त परिवारों को टूटते देखा। तुम एकल परिवारों को टूटते देख रहे हो। यह दौर भी बीत जाएगा। उम्मीद है जल्दी ही हम एक बेहतर संतुलित समाज को देख पाएँ।" वकील साहब का यह सूत्र वाक्य था जिससे वह सामने वाले को सांत्वना देते थे।

"दीदी, भिंडी कैसी बनी है?"

"विजय, तुम यार दिल जीत लेते हो।"

"विन्नी, हमने एक नया प्रयोग चालू किया है जिसमें कुछ कपल्स को घर जाके काउंसलिंग कर रहे हैं। महीने में दो कपल्स को विजिट करना होगा। तुम्हें दोनों फाइल्स विजय दे देगा। हम चाहते हैं कि अनौपचारिक माहौल में काउंसलिंग के बेहतर परिणाम दिखें। बस उतना ही डिटेल पूछना जहाँ तक क्लाइंट इजाजत दे।"

"विजय, विन्नी की होम काउंसलिंग फाइल लाना और अंतिम आख्या रिपोर्ट भी लाना ताकि विन्नी देख ले उसे।"

'मैं सुचित्रा, काउंसलिंग हेड, प्रमाणित करती हूँ कि फाइल नंबर 483 k, पति प्रकाश, पत्नी काव्या का मीडिएशन दिनांक 18 अक्टूबर 2020 को असफल हो चुका है।

आख्या सादर अवलोकनार्थ प्रस्तुत है।'

3.3

विन्नी ने आज कई कानूनी शब्दावली सीखी।

498a 3/4 dp Act अर्थात दहेज के लिए प्रताड़ना, 376 अर्थात बलात्कार, 377 अर्थात अप्राकृतिक यौन संबंध, 394 अर्थात लूट।

उसके दिमाग में बार-बार 304b कौंध रहा था– '304b यानी दहेज के लिए हत्या।

विन्नी तब 10 साल का रहा होगा जब सुरेखा बुआ मरी थीं। उनकी लाश कुएँ में मिली थी। ससुराल वालों ने मारकर उन्हें कुएँ में फेंक दिया था। वह ससुराल नहीं जाना चाहती थी, बाबा ने समाज, जाति और इज्जत के डर से जबरदस्ती भेजा था।

4.1

लखनऊ यूनिवर्सिटी कैंपस

"निखिल कहाँ रह गया?"

"वो तेरी फेवरेट कलेवा की कुरकुरी जलेबी लाने गया है।"

"कलेवा!" अतुल की आँखों में चमक थी।

"एक बार तो हम लोगों को नशा-सा हो गया था। बाइक हर सुबह कलेवा पर ही रुकती थी। दो बार ट्रिपलिंग के लिए चालान भी हुआ था।"

"तेरा डिवोर्स केस चल रहा है या खत्म हो गया?"

"बेटी के स्वामित्व को लेकर मामला फँसा है।"

"तू तो काउंसलर हो गया है। तू भी ऐसे ही काउंसलिंग करता है?"

"ऐसे मतलब?" विन्नी ने असहज होकर पूछा।

"मतलब यूँ ही एक फॉर्मेलिटी। उनकी भी कोई गलती नहीं होती, कोई अंजान से अपनी बात क्यों शेयर करेगा?"

"मैक्सिमम केसेज में कोई समझौता कहाँ होता है। अंत में कोर्ट की बात ही आदमी मानता है। हालाँकि मैंने काउंसलिंग छोड़ने का प्लान बनाया है, निलय सर ने जबरदस्ती मुझे घसीट लिया है।"

"बेहतर, बहुत वाहियात काम है।" अतुल ने छूटते ही कहा।

"आ थोड़ा सेंटर कोर्ट टहल लेते हैं। क्लास लेते हुए कितनी बार उसे क्रॉस करते थे। जाने-अनजाने कितनी ही मुलाकातें हो जाती थीं।"

सेंटर बिल्डिंग मतलब कैनिंग कॉलेज-यूनिवर्सिटी की आधारशिला।

“इस साल यूनिवर्सिटी का शताब्दी वर्ष है। उससे पहले यह बादशाह बाग था। नवाबों का गोमती पार विलास गृह। दिल्ली से आजादी का जश्न। लखनऊ के एलिट से घिरा बादशाह बाग। नवाब गयाजुद्दीन हैदर ने बादशाहत खरीदी थी एक करोड़ देकर। अंग्रेज उपाधियाँ बेचते थे, हम खरीदते थे, फिर उसका जश्न मनाते थे।”

“लड़ाइयाँ हारते थे, पदवियाँ खरीदते थे।”

“विद्रोह के बाद ताल्लुकदारों ने 40 लाख दान देकर यूनिवर्सिटी बनवाई थी।”

पूरा सेंटर कोर्ट खाली था। आसमान में थोड़ी बदली थी।

“कोविड में बंद है, नहीं तो जाड़ों में पूरा सेंटर कोर्ट लव बर्ड्स से भरा रहता है। अतुल, तुमने कभी आर्किटेक्चर पर गौर किया है?”

“मतलब?”

“ब्रिटिश काल में जितनी बिल्डिंग्स बनीं वे अवधी आर्किटेक्चर पर क्यों बेस्ड हैं? 1857 में सबसे बड़ा प्रतिरोध अवध में हुआ। यहाँ की जनता ने उसमें बड़ी संख्या में भाग लिया था। विद्रोह के बाद डेढ़ लाख के करीब लोगों का जनसंहार हुआ था। गोपनीय रिपोर्ट यह थी कि अवध अभी भी ज्वालामुखी बना हुआ है। इसलिए अंग्रेजों ने जितनी मॉडर्न बिल्डिंग्स बनाई वे सब नवाबी आर्किटेक्चर को ही बेस बना के, ताकि पब्लिक में यह संदेश जाए कि हम यहाँ की कला और संस्कृति का आदर करते हैं।”

अतुल बिन्नी को अनमने ढंग से सुन रहा था।

“यार यूपीएससी की तैयारी मैंने की और इतिहास तू बता रहा है।”

“नहीं यार वो अपना जूनियर आदित्य है न, उसने लखनऊ बेस्ड कई वीडियो बनाए हैं। वही भेजता रहता है तो टाइम पास... यू नो।”

“भाभी कह रही थीं पूरा दिन यूट्यूब देखते रहते हो। मैं लखनऊ पर एक वेब सीरीज प्लान करके आया हूँ।”

"मुझे नहीं लगता है यह बहुत फ्रूटफुल है। आदित्य ने लखनऊ पर कई विडियोज बनाए, मगर व्यूअरशिप हजार तक जाते-जाते दम तोड़ देती है।"

"पता है, तुम एकदम नेगेटिविटी की इंतहा हो गए हो। एक किताब लिखकर बैठ गए, और उसके आगे कुछ करना भी नहीं है। साले एक दिन खत्म हो जाओगे।"

"खत्म होने के लिए कुछ बचना-होना चाहिए।" विन्नी की दोनों आँखें वालीबॉल कोर्ट को ताक रही थीं, हवा में स्थिर।

"तुम साले डराओगे। चलो निखिल आ गया है, कैंटीन में वेट कर रहा है।"

"दो मिनट, अपना विभाग तो देख लूँ, हिंदी तथा आधुनिक भाषा विभाग। तेरा भी पॉलिटिकल साइंस सामने है, तू उससे भाग रहा है।"

सेंटर बिल्डिंग की बायीं तरफ के लंबे कॉरिडोर में बसी दो दुनिया- हिंदी की दुनिया जितनी भावुक, पॉलिटिकल साइंस की उतनी ही निष्ठुर। एक में मैकियावली, बेंथम, मार्क्स की आत्मा थी तो दूसरे में प्रेमचंद, निराला और अज्ञेय की। पॉलिटिक्स में जहाँ मनुष्य अपने पिता की मृत्यु भूल सकता है लेकिन धन को नहीं। दूसरी दुनिया में कविताएँ थीं, भावुकता थी, सरोज स्मृति थी, गोदान था।

दो दुनिया को जोड़ता ये कॉरिडोर जिसकी बेंच पर अतुल ने शुभी को प्रपोज किया था। कोहरे से भरी दिसंबर के दिन थे। यूनिवर्सिटी में जाड़ों की छुट्टियाँ शुरू होने वाली थीं। अतुल ने जल्दबाजी में हिम्मत करके शुभि को प्रपोज किया था। अतुल दरअसल धर्मेंद्र से पहले शुभि को प्रपोज करना चाहता था। प्रपोज करने के बाद ऐसा लगा कि कई दिनों का ज्वार उतर आया हो। जाड़े की छुट्टियाँ शुभि के जवाब के इंतजार में कट गई थीं। कोई भी फोन आए, एक धुकधुकी-सी बनी रहती थी।

अतुल उसी बेंच को ढूँढ़ रहा था। लेकिन अब उस बेंच की जगह मेट्रो

की पिलर खड़ी थी। उस दिन शुभी ने पर्पल कलर की कुर्ती पहन रखी थी।

वह सोचता है- 12 साल हो गए शुभी, मैं आज भी वहीं खड़ा हूँ, अकेला, बंजर, ठूँठ।

'यही कोई दिसंबर था। बस दो महीने बचे हैं।' अतुल ने मन में बुदबुदाया।

"कुछ कहा ?"

"नहीं, चलो जलेबियाँ ठंडी हो रही हैं।"

सड़क एकदम खाली थी। जब क्लास छूटती थी तो एक रेला-सा रहता था। एकदम से ऐसा लगा कि कोई पुकारेगा– भाई, रुक मैं भी कैंटीन साथ चलता हूँ।

दोनों एकदम से पीछे मुड़े। वहाँ कोई नहीं था।

4.2

विन्नी ने घड़ी देखी, अभी 9 ही बजा था।

"साले मुझे 6 बजे ही जगा दिया।" विन्नी के लिए संडे का मतलब नाश्ता करके भरपूर नींद सोना।

निखिल कैंटीन की सीढ़ियों पर बैठा दोनों का इंतजार कर रहा था। कलेवा की जलेबियों का कुरकुरापन ही तो इस दिन को खास बनाता था।

"धरती पर कहीं स्वर्ग है तो यहीं है।"

"लखनऊ में?"

"नहीं, हॉस्टल में।"

"अब लखनऊ में जीने का मजा है अतुल। तू चैनल सेट कर या फ्रीलांस लेकिन लखनऊ छोड़कर मत जा। तेरे बिना मजा नहीं हैं।"

"मैं भी यही सोच रहा हूँ, प्रशांत को भी कुछ दिनों के लिए बुला लेते हैं, हर संडे पार्टी।"

"क्यों निखिल, समोसे नहीं खाओगे?"

"विन्नी, उसमें बहुत ऑयल है और आलू में फैट है।"

"अब हम लोगों की सारी परियाँ फैटी हो गई हैं।"

"हम लोग फैटा।"

"भैया पानी?"

"ब्रजेश, तू यहीं है?"

"यह कहाँ जाएगा, अब तो कैंटीन का मालिक है।"

"ये बारादरी का वही खानसामा है जिसने नवाब गयाजुद्दीन को बेगम

की चरित्रहीनता के बारे में बताया था। मुझे शक है इसी ने शुभी से निकिता मैम के बारे में बताया था।" निखिल का कहकहा गूँजा।

"वो तो सुकेश ने बताया था। वो शुभी के लिए अंदर से बहुत फिलिंग रखता था।"

"तुम्हें भी बेगम की तरह आत्महत्या करनी चाहिए थी।"

"हाँ सालों, मार डालो। तुम दोनों जलते हो मुझसे।"

"अब नहीं जलते हैं, तब जलते थे। साला पूरा दिन शुभी के साथ टैगोर लाइब्रेरी में पड़ा रहता था और वीकेंड पर कहता था कि निकिता मैम के यहाँ जा रहा हूँ ड्रामा की रिहर्सल करने। चारों तरफ से प्यार बरस रहा था। नवाब वाजिद अली शाह की तरह।"

"क्या कशिश है निकिता मैम में। मुलाकात हुई?"

"हाँ, दिल्ली भी आती रहती हैं।"

O talk not to me of a name great in story
The days of youth are the days of our glory
Are worth all your laurels, though ever so plenty,
What are garlands and crowns to the brow that is wrinkled
I knew it was love, and i felt it was glory.

बुढ़ापे के मेडल्स से ज्यादा सुखद जवानी के प्यार का एहसास होता है।

"निक्की, हिंदी में तो बोल सकते थे हर चीज अंग्रेजी में ही ठीक नहीं लगती हैं। इतनी लंबी-चौड़ी कविता झेलनी पड़ी।" विन्नी ने निखिल की पीठ पर चपत लगाते हुए बोला।

"विन्नी, मैं हिंदी में भावार्थ कैसे जानूँ? अब मुझे देखो, एक लड़की तक ने भाव नहीं दिया इसलिए मार्केट को ही महबूबा समझ बैठा। सेंसेक्स खुलते ही धड़कन चलने लगती है और बंद होते ही धड़कन बंद हो जाती है।"

"लेकिन क्या प्यार हकीकत में कोई अद्बितीय अनुभव है, जिसको लेकर हम लोग इतना पजेसिव बने रहे ? मुझे तो बस एक हाइपर रियलिटी (नखलिस्तान) की तरह लगा। जो मौजूद भी है, नहीं भी है। जितना दूर होते हैं वह सच्चा लगता है। नजदीक जाते ही वह दूर हो जाता है। रेगिस्तान में ऊँट जितनी गर्मी में चलता है उसे दूर तलाब पास नजर आता है लेकिन पास जाने पर वहाँ पानी नहीं होता है। मैं भी पीछे दौड़ता रहा लेकिन वहाँ कुछ भी नहीं था। प्यार के पुराने पल रोमांचित कर सकते हैं लेकिन वह कोई उपलब्धि नहीं, एक गुदगुदी या पागलपन लगता है।"

"एक ऐसा भी दिन आता है जब एक ही बिस्तर पर आप उस प्यार से हजार कदमों की दूरियाँ बना लेते है जहाँ से वापसी नहीं होती है।

"क्या सच में ये प्यार था विन्नी ?"

अतुल की आँखें उदास थीं, शायद नम हो चली थीं। उसकी आँखों में आँसू थे जिसे छिपाने के लिए वह लाइब्रेरी की तरफ निकल पड़ा। टैगोर लाइब्रेरी पर सुबह की सुनहरी धूप बिखर रही थी। यूकेलिप्टस के पेड़ों से हल्की खुश्क हवा आ रही थी।

बिन्नी और निखिल अकबका गए। उन्हें अतुल से इतनी गंभीरता की उम्मीद नहीं थी। वे दोनों कैंटीन की सीढ़ियों पर बैठे रहे। यह बारादरी की सीढ़ियाँ थीं, शायद लखनऊ की सबसे पुरानी बारादरी, 1813 में बनी। बारादरी अर्थात 12 दरवाजे। सभी साइड में 3 दरवाजे। कोई दिन रहा होगा जब इसी के ऊपरी कमरे में बेगम ने नवाब के उलाहना से तंग आकर जहर खाकर जान दी होगी।

"जीतेश भैया कहते हैं, यह इमारत तभी से अभिशप्त रही। यहाँ पनपने वाला प्यार कभी सफल नहीं रहा।"

"बेगम कुर्दीशा कोठी में रहती थीं। वो सिर्फ जान देने के लिए ही यहाँ आई थीं। इस कोठी में पटियाला रियासत के राजकुमार भी रहते थे। उनकी पत्नी ब्रिटिश थीं। उन्होंने ईसाई धर्म अपनाया था। एक दिन अचानक उनके

दोनों बेटे मर गए थे। उनकी कब्रें वहीं सामने कोने में हैं। दोनों 8 या 10 साल के थे। राजकुमार का क्या हुआ कोई नहीं जानता। कहते हैं बेगम का भूत यहाँ रातों में घूमता है।"

"विन्नी, एक मेट्रो राइड लेने का मन कर रहा है। कैसा दिखता है अपना लखनऊ मेट्रो से?"

"अतुल को आने दो।"

"अभी कुछ देर रोमियो बना रहेगा। जब आएगा तब तक एक कॉफी बनवाया जाए ब्रजेश से?"

"दो गोल्डफ्लेक भी मँगवा लेना।"

विनीत उर्फ विन्नी, निखिल उर्फ निक्की, और अतुल तीनों एक ब्लॉक एक हॉस्टल में अरसे बाद एक साथ थे। यूनिवर्सिटी कैंपस में जीवन का एक दशक जी चुके थे। यहाँ से निकलने के बाद भी एक दशक। यूनिवर्सिटी से दूर, लेकिन आजाद नहीं और कैदी भी नहीं।

"यार मेट्रो से यूनिवर्सिटी का लुक दबा-सा लग रहा है।"

"देख तेरा हजरतगंज आ गया, यहीं तक रोज शुभी को छोड़ने जाता था।"

5.1

"आप चाय लो, बहुत अच्छी नहीं होगी। मैं बढ़िया कुक नहीं हूँ। नौकर आज जल्दी चला गया है।"

"आप बैठो। बहुत अस्त-व्यस्त कमरा है।"

विन्नी को उलझन हुई। उसने सोफे पर पड़े कपड़े को किनारे किया फिर बैठ गया।

"क्षितिज, आप एकदम बैचलर लाइफ का मजा ले रहे हैं। ग्लास में चाय पीकर। जलन हो रही है।"

"आपने फोन किया तब मैं शॉप के लिए तैयार हो रहा था।"

"थैंक्स, चाय बढ़िया है।"

"शॉप किस चीज की है ?"

"ऑफिस जाता था। लेकिन जब वाइफ ने मेरे ऊपर केस किया तो कंपनी को मुझे निकालने का बहाना मिल गया। अब यहीं एक बेकरी शॉप डाली है।" क्षितिज की उदासी उसकी आँखों से दिख रही थी।

"मिस्टर विनीत, अजीब लगता है आप लोगों के निजी जीवन में झाँकते हैं। इज इट वर्क ?"

"अभी मैं नया हूँ, खुद सीख रहा हूँ। पहले जो काम बुजुर्ग करते थे अब कुछ प्रोफेशनल कर रहे हैं।"

"वी ट्राइड ऑल, बट नथिंग हेल्प। आई थिंक, टाइम विल हील। लेकिन दुर्भाग्य से हम लोगों के पास समय नहीं है।"

"एक हाइड एंड सीक गेम होता है जिसमें आप छुपते हैं और एक

आदमी ढूँढ़ता है। आप दोनों एक-दूसरे को जितना जल्दी ढूँढ़ते हैं गेम में रोमांच बना रहता है। लेकिन फिर आप चतुराई करने लगते हैं। आप ऐसी जगहों पर छुपते हैं जहाँ आपको ढूँढ़ा न जाए। यह सामने वाले खिलाड़ी को उबाने लगता है। जो छुपा होता है वह भी ठंडा पड़ जाता है फिर खेल खत्म हो जाता है। हम और आतिशी एक-दूसरे से लंबा छुपने लगे थे इसलिए रिश्ता ठंडा पड़ गया।" क्षितिज ठिठुरते हुए कमरे में जल रहे हीटर को देख रहा था। वह शायद अभी नहाकर ही निकला था।

"ट्राइड ऑल मतलब ?"

"मतलब कई बार हम लोग बैठे सब सेटल करने के लिए लेकिन वर्क आउट नहीं हुआ। एक कमी को दूर करते थे तो दूसरी कमियाँ दिखने लगती थीं। फिर धीरे-धीरे हमें लगने लगा कि थिंग्स विल नॉट बी बेटर। फिर हमने डिवोर्स फाइल किया।"

"बच्चे ?"

"एक बेटी है, उसे हमने बोर्डिंग में डाल रखा है। लेट कोर्ट शुड डिसाइड।"

"उन्होंने आपके ऊपर कई खतरनाक धाराएँ डाल रखी हैं ?"

"पहले तो सच बताऊँ मैं डर गया कि जेल जाना ही पड़ेगा। इस डर से मैंने भी एक मुकदमा कर दिया, फिर काउंसलिंग में आपके यहाँ एक मैम हैं, क्या नाम है उनका ?"

"सुचित्रा।"

"येस! उन्होंने समझाया फिर अब लग रहा है कि हम मुकदमा वापस ले लेंगे। यह राहत की बात है फिर शायद लाइफ कुछ ढर्रे पर आए। आई एम मिसिंग माय ऑफिस जॉब।"

"आतिशी ने कुछ कहा, क्यों हम अलग हो रहे हैं ?"

"समथिंग मिसिंग..." विनीत एकदम से चुप हो गया।

'पति-पत्नी की बातों को एक-दूसरे से कहना विश्वास भंग जैसा है।'

उसने सोचा।

"समथिंग मिसिंग, आई नो, लेकिन यह समथिंग कब एवरीथिंग में बदल जाता है, हम जान भी नहीं पाते हैं। कई बार हवा भी होती है, पर हम जान नहीं पाते हैं। वह दो लोगों के बीच दूरी बना देती है।"

5.2

विन्नी जितना काउंसलिंग से जुड़ रहा था, वह उतना ही ज्यादा ऊब रहा था।

'क्या वाहियात काम है, जल्दी ही प्रोफेसर को बोल के मना कर दूँगा।' विन्नी ने सोचा।

लोगों से पकड़-पकड़ के पूछना कि आपकी शादी क्यों टूट रही है? यदि हम उत्तर जान भी लें तो क्या हल है हमारे पास? क्या अलगाव समाधान है? या जबरदस्ती एक साथ रहना समाधान है? या दोनों समाधान हैं या दोनों नहीं हैं?

6.1

आए न मेरे पास तो मैं आप ही चलूँ
मुझको खुदा करे कहीं बुलवाए लखनऊ
कलकत्ता के हसीनों को जब देख लेता हूँ
उस वक्त दिल में होता है सौदा-ए-लखनऊ
मरने के बाद भी न मिटेगा जिगर से दाग
जन्नत में हमको होएगी परवा-ए-लखनऊ
– वाजिद अली शाह

6.2

बाबुल मोरा नैहर छूटो जाए
चार कहार मिले, मोरी डोलिया सजाएँ
मोरा अपना बेगाना छूटो जाए
बाबुल मोरा नैहर छूटो जाए
बाबुल मोरा नैहर छूटो जाए

कितना बेअदबी से मैं लखनऊ से निकाला गया। नवाब वाजिद अली शाह को लखनऊ, फिर कानपुर से कोलकाता की स्टीमर की थकाऊ यात्रा याद आ रही थी। नवाब ने कल्पना नहीं की थी। मेला पीछे छूटता गया।

एक महीना कानपुर, आठ दिन इलाहाबाद और 12 दिन बनारस पड़ा रहा। कितनी चिट्ठियाँ, संदेश ऑट्रेम और डलहौजी को भेजा। एक मनसबदार की तरह लखनऊ के आस-पास गुजारा कर लेता लेकिन किसी ने नहीं सुना। आज भी हर सुबह इसी खयाल में गुजरता है कि कब लखनऊ बुलावा आ जाए।

बाबुल मोरा नैहर छूटो जाए। बनारस से निकलते वक्त तो महसूस हुआ कि इससे बेहतर था कि अल्लाह की सेवा में ही चला जाता।

हुजूर के दुश्मनों की तबीयत नासाज है, क्या आज बादशाह सलामत को शाम को राग भैरवी सुनने का मन किया ?

राग भैरवी! नवाब का मन सुबह से उखड़ा है। बंदिश और रागों का खयाल भी छूटता जा रहा है।

"एक बार और साज लगाओ मियाँ, एक तुम्हीं तो हो कि लखनऊ की कमी महसूस नहीं होती।"

"कोई ठुमरी पेश करूँ, बादशाह सलामत?"

"नहीं यही बंदिश।"

"बादशाह सलामत, दस्तरखान सज गया है।"

अभी तो रात का पहला ही पहर है, नवाब को भूख नहीं थी। जब लखनऊ में थे तब यह समय तो परीखाने में रात जवान होने का होता था। लेकिन यह नवाब की दिनचर्या हो गई थी। जब सत्ता में थे तो कितने लोग घेरे रहते थे। कितने राजकीय काम करने होते थे। लेकिन ऐसी नीरस और उदास शामें खुदा दुश्मनों को भी न अता करे।

नवाब साहब ने बेमन से दस्तरखान लगाने की इजाजत दी।खाने में कोई स्वाद नहीं था। कबाब बहुत रूखा और कड़ा था, गले से नीचे नहीं गटका जा रहा था। सोचा कि बेगम से कहूँगा। लेकिन कोई फायदा नहीं। बेगम का सीधा जवाब होगा कि खाने में कोई कमी नहीं है, सभी बावर्ची तो लखनऊ से ही आए हैं। पहले दरबारियों-बेगमों की सोहबत में दस्तरखान पर बैठते थे, अब अकेले कहाँ मजा आएगा। क्या नीरस जीवन हो गया है!

नवाब वाजिद अली शाह बरामदे में टहलने लगे। यह कैद का 10वाँ साल था। लखनऊ से 1500 किमी दूर मटियाबुर्ज में कैद। कितनी उमस है यहाँ। लखनऊ में इस वक्त जेठ का महीना होगा। आम से भरपूर मौसम। सामने हुगली नदी का प्रवाह। नवाब साहब देर रात तक हुगली नदी को निहारते रहे। अब लगता है हुगली के किनारे ही दफन होना है। सभी पूर्वज गोमती के किनारे दफन हुए। इतना अलगाव!

कोलकाता में लोग मिलने भी नहीं आते हैं। भद्रजनों को लगता है मैं पुराना हो गया हूँ, मैं सामंती हूँ, मैं अय्याश हूँ। अल्लाह जानता है, मुझमें लाख कमियाँ हों, मैं अंग्रेजों की तरह यहाँ की धन-दौलत विदेश तो नहीं ले जाता।

मटियाबुर्ज अर्थात मिट्टी के बने टावर। यह जगह मिट्टी ही है। मैंने जबर्दस्ती लखनऊ बनाने की कोशिश की। न खाने में कोई स्वाद आ रहा, न ही जीवन में। कितना कोशिश कर रहा हूँ पिछले 10 सालों से इसे लखनऊ बनाने की, लेकिन बात बन नहीं पा रही है।

यहाँ की औरतें, कविता, संगीत सब नीरस हैं। ताल लय से आजाद हैं। नवाब ने कितनी मेहनत से कुछ किताबों का उर्दू तर्जुमा कराया लेकिन वो सब एकदम नीरस हैं। न पदबंध है न संगीत।

नवाब अब स्मृतिजीवी होने लगे। यौन सुख अब उनके लिए शारीरिक सुख कम, मानसिक सुख ज्यादा हो गया था। वो पहला यौन सुख उन्हें कुरेदने लगा था, जब वो किशोर थे। वह अमीरान थी। उसकी उम्र 35-40 के लगभग थी। गेहुआँ रंग, छरहरा बदन। जब उस औरत ने देखा कि सारा घर खाली है, जबकि मैं बिस्तर पर सोया हुआ था। रात के वक्त मेरे नजदीक आकर...

वह रात आज भी नवाब के जेहन में छाई है। नवाब को जल्दबाजी रहती थी लेकिन वह धैर्यवान महिला थी। नवाब को उसने बोलने और कला का सलीका भी दिया था। हुजूर इस तरह से कहिए कि सब्ज फानूस में एक शमा को रौशन देखा। नहीं तन कहना जबान की बेअदबी है, हम लखनवी जबान बोलते हैं।

कल लखनऊ से कुछ गायक आए हैं। देखते हैं शाम कुछ अच्छी गुजरे। वो नवाब अंतिम समय तक लखनऊ बसाए रहे। लखनऊ में एक ही खराबी है– जो इसको जीने लगता है फिर वो कहीं और जी नहीं पाता है।

वो नवाब मरा भी तो बारादरी की फूहड़ नकल करके बने हुए नौबतखाने में। उसका परीखाना अब संगीत का विश्वविद्यालय है। आज भी अगर बारादरी और भातखंडे के पास से गुजरो, अगर अदब से सुनोगे, तो तबला और घुँघरू की आवाजें सुनाई देंगी।

"नहीं बढ़िया है, डॉक्यूमेंट्री का नोट शानदार है।" निकिता ने यह कहते हुए अतुल के हाथों को हल्के से छुआ।

"जब भी लखनऊ को बेहतर जानना होता है, आपके पास चला आता हूँ। आपकी किस्सागोई और अदायगी कमाल है।"

"तुम्हारी रिपोर्टिंग ने उसे ज्यादा फेमस बनाया है।"

"पता नहीं क्यों लगता है कि वो नवाब और उसका लखनऊ आज भी मुझमें कहीं बसता है। आपके साथ जब भी रहता हूँ तो लगता है पूरे लखनऊ को जी रहा हूँ।"

"मैं तो कभी इस शहर को छोड़ ही नहीं पाई। आज भी शामें बारादरी में कोई ठुमरी गाते या सुनते गुजरती हैं। सुबहें लखनऊ को पढ़ने में गुजरती हैं। रात को कोई बढ़िया लखनवी डिश बनाकर खाती हूँ। बस यहीं सुबह होती है शाम होती है।"

"आप मेरी जीनत परी हो। आपने एक उजड्ड-गँवार को शहराती बना दिया।"

"शहराती नहीं लखनऊवा।"

"लखनऊवा इजाजत है ?"

"नहीं बिलकुल नहीं, मुझे एक फंक्शन में जाना है। घंटे भर में तैयार हुई हूँ।"

"आप कहर ढा रही हैं।"

"नाजुकी उनके लब की क्या कहिए, पंखुड़ी एक गुलाब की-सी है।"

"लखनवी तहजीब में पहले इजाजत तो ले लेते।"

"मैं आधा डेल्हाइट भी हूँ, प्यार में टूट पड़ता हूँ।"

"सच कहा है, अब तो हमारे शहर में भी कोई हम-सा न रहा।"

यह कैसरबाग की दोपहर थी। नवाब वाजिद अली का कैसरबाग, राजाओं का बाग। लाखौरी ईंट से बने बारादरी परीखाना जिनमें वाजिद अली शाह की रूह बसती थी।

दो शरीर रजाई में लिपटकर सोए थे। कुछ ही दूरी पर खड़ी बारादरी को जाड़े की धूप सुनहला बना रही थी। बगल में अमीरुद्दौला लाइब्रेरी में कोई रिसर्च स्कॉलर किताबों में सिर खपा रहा होगा।

अतुल ने घड़ी देखी, "4 बज गए! शाम हो आई है। पता ही नहीं चला।"

"मैं चाय रख के आती हूँ।"

"प्लीज अभी रुकिए, इतने दिनों बाद तो लखनऊ में एक शांत और प्यारी शाम आपके साथ मिली है।"

"बस दो मिनट। और तुम पहले उधर मुँह करो।" निकिता कपड़े पहन रही थी।

अतुल को हँसी आई। यह पहली बार नहीं था। निकिता के साथ हमेशा होता था। कई बार सोचा कि वह उनके शरीर को जी भर देखे लेकिन हो नहीं पाया। निकिता उसकी सीनियर थी और वह अतुल को भूलने नहीं देती थी।

"लो चाय पियो।"

"मैं सोच रहा था कि आप अपने बाहर के अपॉइंटमेंट्स कैंसिल कर दो।"

"कुछ खास?"

"नहीं कोई नहीं। आपसे लखनऊ को बहुत जानना है। एक किताब पर भी काम कर रहा था। मैं एक एपिसोड आपकी किस्सागोई का भी डालना चाहता हूँ। एक प्यारी वेबसीरीज जिसमें आपकी किस्सागोई लखनऊ के कल्चर, उसकी नजाकत और नफासत को बताए।"

"सुनो, मुझे लगता है कि तुम्हें बेगम के बारे में सोचना चाहिए।"

"बेगम?"

"बेगम हजरत महल। लखनऊ को किसी ने सच्चा प्यार दिया तो बेगम ने। नवाब का प्यार तो हवाहवाई है। तुम लखनऊ को नजाकत और

नफासत से अलग सोच ही नहीं पा रहे हो, एक भावुक रोमांटिसिज्म। यह तो इस शहर का टिप ऑफ दि आइसबर्ग है। यह शहर इतना नाजुक है नहीं।"

"नवाब वाजिद अलीशाह को अवध की गद्दी से 1856 में हटाया गया। लॉर्ड डलहौजी ने आरोप यह लगाया गया कि वो भ्रष्ट हैं और शासन चलाने में असमर्थ हैं। नवाब बिना प्रतिरोध किए सत्ता से हटे। एक बूँद खून नहीं बहा। पूरे देश में अवध और लखनऊ का मजाक बनाया गया। इस शहर ने अपमान का घूँट पिया। अपने क्रोध को पाला। लखनऊ एक ज्वालामुखी की तरह धधकता रहा। बेगम ने उस क्रोध को धार दी। लखनऊ के अपमान का बदला लिया। इतिहास में लखनऊ के सिर को ऊँचा किया।"

"नवाब ने एक कल्चर दिया है- जीने का सलीका।"

"जिसे तुम कल्चर कहते हो उसकी नींव में जाकर देखा है। एक भोग-विलासिता में डूबा सामंती समाज जिसे पालने के लिए कितना टैक्स वसूला जाता था। लड़कियों को उठाने वाले गिरोह थे ये। उमराव जान की चीख सुनो।"

"मैं भी एक समय पागल थी, आज भी हूँ। लखनऊ पर दो किताबें लिखी– लखनऊ की कुजीन, कल्चर, जबान पर। जब उमराव जान पढ़ने लगी, पता चला कि सम्मानित घर की लड़की को भगाकर लखनऊ लाया जाता था। उन्हें ताल्लुकदारो नवाबों के हरम में रखवाया जाता था। जब मन भर गया फिर उन्हें कोठों पर भेज दिया जाता। उमराव जान की उस सिसकी को सुनो, जब वह अपने घर जाती है तब उनका अपना सगा भाई घर आने से मना कर देता है।"

"अपने समाज से बिछड़ी लड़कियाँ जबरदस्ती तलवार के दम पर उठाई गईं। समाज की गंदगी ढोतीं और वैश्या बनती हुई लड़कियाँ बुढ़ापे में भीख माँगने को मजबूर। इसी अवध में टैक्सेशन 143 प्रतिशत हो चला

था। एक किसान कितना पिस रहा था, उसी टैक्स पर 1 किलो घी में नवाब के लिए 1 पराठे चुपड़े जाते थे। एक बार नवाब के एक मंत्री ने घी की बरबादी पर खानसामे को डाँटा, फिर खानसामे ने घी कम कर दिया। नवाब को स्वाद कम आया फिर मंत्री हटा दिया गया। कितने खानसामे मंत्री तक बने। वो बेगम थीं, मल्लिका थीं, ताज थीं लखनऊ का। लखनऊ से सच्ची मोहब्बत उन्हीं की थी, वो भागीं नहीं नवाब की तरह।"

वो वाजिद अली शाह जो बिना खून बहाए लखनऊ को छोड़ गया, क्या वो लखनऊ से मुहब्बत करता था? वो सिर्फ अपने को मुहब्बत करता था। नवाब को लखनऊ से लगाव होता तो 1857 में आता। अपनी जमीन और अपने लोगों के लिए तो आना चाहिए था। बेगम चाहतीं तो नवाब के साथ मटियाबुर्ज चली जातीं लेकिन उन्होंने लखनऊ को प्यार किया। अंत तक लखनऊ के लिए लड़ीं। बेगम ने अंग्रेजों की पेंशन को दो बार ठुकराया। उन्हें यकीन था कि वो आज नहीं तो कल अवध को आजाद करा के रहेंगी। ऐसी थीं हमारी बेगम। उन्होंने लखनऊ को बिरयानी नहीं दी, गलावटी कबाब नहीं दिए, लेकिन दी तो आजादी और लड़ने का माद्दा।

वह काठमांडू के एक बेनाम मकबरे में सोई हैं। उन्होंने लखनऊ को इज्जत दी। जिस लखनऊ ने एक साल पहले लड़ने से मना कर दिया, बिना एक बूँद खून गिरे ही उन्होंने हथियार डाल दिए। उसी लखनऊ ने डेढ़ साल तक लगातार बिना थके अंग्रेजों के खिलाफ सबसे बड़ा संघर्ष किया।

अगली बार लंदन जाना तो एक बार ब्रिटिश म्यूजियम में रखी फेलिस बेटों की एक तस्वीर जरूर देखना। एक खंडहर बनी कोठी और उसके कैंपस में बिखरे नरकंकाल, यह सिकंदर बाग है तुम्हारे फेवरेट, हजरतगंज से सटा हुआ।

अक्टूबर-नवंबर का कोई दिन था। अंग्रेजों का 93 हाई लैंडर्स और चार सिखों का दस्ता पूरब से दक्षिण जा रहा था। हिंदुस्तानी सिपाहियों ने

उस दस्ते पर हमला किया। यह सबसे भीषण लड़ाई हुई। अंग्रेजों ने अपना तोपखाना लगाया और गोलाबारी शुरू की। अंग्रेजों का तोपखाना उन्हें सहारा दिए हुए था। अंग्रेज अंदर घुसे। अंदर 2000 भारतीय सैनिक थे। सभी वीरगति को प्राप्त हुए। लॉर्ड फ्रेडरिक रॉबर्ट लिखते हैं कि शव छह फुट की ऊँचाई तक एक के ऊपर एक लदे थे।

यह लड़ाई कितनी मुश्किल थी, इसका अंदाजा इसी बात से लगाया जा सकता है कि ब्रिटिश हुकूमत के इतिहास में एक दिन की जंग में इतने विक्टोरिया क्रॉस कभी नहीं नवाजे गए थे। कुल मिलाकर वीरता और साहस के लिए 18 विक्टोरिया क्रॉस दिए गए थे। ब्रिटिश अधिकारियों ने विद्रोहियों की लाशों को अंतिम संस्कार तक करने देने की अनुमति नहीं दी। लड़कर मरने वालों में वहाँ उदा देवी भी थीं। बेगम की सबसे विश्वसनीय सैनिक अकेले जिन्होंने 12 सैनिकों को मारा था। ऐसी थीं हमारी बेगम जिन्होंने महिलाओं में भी जोश भरा था।

फरवरी 1858 की वो तस्वीर है जब बेगम स्वयं मैदान में उतरी थीं। वो हाथी पर बैठी थीं। शायद लक्ष्मीबाई की तरह वो इकलौती मर्द थीं। लखनऊ ने उनको भुला दिया। वो आज भी काठमांडू की एक गुमनाम मजार में लेटी हैं। यहाँ से 1080 किमी दूर।"

निकिता का चेहरा लाल था।

"तुम लखनऊ को दिल्ली के लुटे हुए शायरों की तरह न देखो। ऊपर-ऊपर न छुओ, गहराई में जाओ। कैसरबाग में सिर्फ बारादरी और परीखाने ही न देखो, कैसरबाग के उस कत्लेआम को भी देखो जिसमें बलात्कार होती औरतों की चीखें हैं, फाँसी के फंदे को चूमते युवा हैं। राजा जयलाल सिंह को इमली के पेड़ से अंग्रेजों ने लटकाया था। उस पेड़ को ढूँढ़ो, नमन करो। ब्रिटिश शाही महल के बगीचे में आज भी बारादरी से लूटा हुआ चबूतरा सजा पड़ा है।"

7.1

सेमिनार हॉल

आधुनिकता की सबसे बड़ी समस्या है कि वह व्यक्ति को आर्टिफिशियल इंटेलिजेंस से संचालित रोबोट बनाना चाहता है। मनुष्य रोबोट नहीं है जिसे आर्टफिशियल इंटेलिजेंस से मानकीकरण किया जाए। यदि हम फ्राइड-एडलर-जुंग या ट्वेंटीज के जितने थॉट प्रॉसेस (विचार प्रक्रिया) को देखें तो सब मनुष्य और समाज के बिहैवियर का जनरलाइजेशन करते हैं। कोई इसे सेक्स से जोड़ता है तो कोई इसे ईगो से जोड़ता है।

फ्रायड ने इसे सेक्सुअलिटी से जोड़ा।

एडलर ने इसे व्यक्ति के अहं से जोड़ा।

जुंग ने कॉम्प्लेक्सिटी से जोड़ा।

आपने एक फॉर्मूला निकाला और आप चाहते हैं कि सारे मनुष्य इस पर फिट हो जाए।

आर्टिफिशियल इंटेलिजेंस के आधार पर विज्ञापनों की एक शृंखला बनाई जा रही है। सबको एक ही सपना दिखाया जा रहा है। एक बीच के पास बड़ा घर, महँगी गाड़ियाँ और खूबसूरत लड़कियों का साथ। मैं ज्यादा कुछ नहीं बोलूँगा। हर्बर्ट मारक्युजे ने अपनी पुस्तक 'वन डायमेंशन मैन' में इस बात का विस्तृत वर्णन किया है। मनुष्य को एक साँचे में ढाला जा रहा है। जिसमें मनुष्य को एक कंडीशन बिहैवियरीज के लिए तैयार किया जा रहा है कि दी गई परिस्थिति में हर मनुष्य एक जैसा ही व्यवहार करेगा।

लेकिन मनुष्य ऐसा होता नहीं है। चेतनता में वह बिहेव कर भी ले, क्योंकि वह समाज की स्थापित संरचनाओं के दबाव में होता है। लेकिन उसका एक गोपनीय जीवन होता है जिसमें वह अलग होता है, अद्वितीय होता है। उसका व्यवहार डीएनए की तरह यूनिक होता है। मूलतः व्यक्ति का जीवन सार्वजनिक, व्यक्तिगत और एक गोपनीय होता है। यह गोपनीयता सर्वाधिक महत्त्वपूर्ण होती है। इसे प्रेडिक्ट करना किसी भी मनुष्य के लिए कठिन है और हम इसे अपवाद मानकर चलते हैं। हमें इन अपवादों का भी अध्ययन करना चाहिए और इन पर कार्य करना चाहिए।

मेरी समस्या है कि साइकोलॉजी में फ्रायड, एडलर, जुंग को ही सब कुछ मानने के बाद फिर नये के लिए कुछ नहीं बचता है। साइकोलॉजी एक बंद दरवाजे की तरह हो गई है।

धन्यवाद! किसी को कोई क्वेरी?

विनीत ने अपनी बात पूरी करने के बाद पूछा।

"विनीत, आप साइकोलॉजी को बहुत रहस्यवाद की तरफ ले जा रहे हैं। इस तरह से तो हम किसी नतीजे पर नहीं पहुँच सकते हैं। आप यंग हैं, माफ करिएगा, मुझे आपसे निराशा हुई है।" प्रोफेसर नीता ने कहा।

"मैम, मुझे लगता है एक डिफरेंट एप्रोच अपनाने की जरूरत है। जनरलाइजेशन की जगह स्पेसिफिक अप्रोच अपनाने की जरूरत है। हम और आप पुरानी चीजों से चिपके हुए हैं। हमें किसी भी विषय को समकालीन संदर्भ में देखना चाहिए। आज की दुनिया छद्म चेतना का भी निर्माण कर रही है। वह बाजारवादी चेतना है। आज का हर युवा एक स्त्री के साथ वक्त बिताना, एक बढ़िया गाड़ी में ड्राइव पर जाना पसंद कर रहा है। यह युवा प्रेडिक्टेबल ज्यादा हो गया है। क्या एक सजीव वस्तु का इतना प्रेडिक्टेबल होना एक संकट नहीं है? हमें बाजार संचालित रोबोट बनने से अपने को और समाज को रोकना है। फ्रायड इत्यादि के समय विज्ञापन की दुनिया नहीं थी। सोशल स्ट्रक्चर इतना बिखरा नहीं था।

हाइपररियलिटी का कॉन्सेप्ट नहीं था। आज के समय में आप तय नहीं कर सकते कि आपकी वास्तविक जरूरत क्या है।

एक दिन एक कंपनी एक प्रोडक्ट लॉन्च करती है। हमारा समाज उस प्रोडक्ट के पीछे पागल हो जाता है, भले उसकी जरूरत उसे हो या न हो। क्या हम इतने चेतनाविहीन हो चुके हैं? अमेरिका में बैठे कंपनी के मैनेजर सारी दुनिया की आवश्यकताओं को निर्धारित कर रहे हैं, क्योंकि हमें पता ही नहीं चला और हम रोबोट हो चुके हैं। मैं उस खतरे को भाँप रहा हूँ जो फ्रायड आदि के चिंतन से पैदा हुआ है। मैं तो मॉडर्न साइंस जोड़ रहा हूँ।"

"मॉडर्न साइंस से आपका मतलब डीएनए से है? तो पिता-पुत्र का स्वभाव भी एक तरह होना चाहिए। लेकिन क्या पिता और पुत्र के स्वभाव मैच करते हैं? आप साइकोलॉजी को बहुत अवैज्ञानिक स्तर पर नहीं ले जा रहे हैं।" प्रोफेसर नीता ने जोर देकर कहा।

विनीत को लगा आज थोड़ी और तैयारी करनी चाहिए थी। वह सँभला।

"आप गलत समझ गईं। डीएनए कभी भी एक दूसरे में 100 प्रतिशत मैच नहीं करते हैं। डीएनए का .02 प्रतिशत यूनिक होता है। वह किसी से मैच नहीं करता है। मेरा कहना यही है कि हमारी गोपनीय चेतना किसी से मैच नहीं करती है। इसलिए व्यक्ति का जनरलाइजेशन न करें। जो 0.02 प्रतिशत विभिन्नता है, वही महत्त्वपूर्ण है।"

"यह आपका मत हो सकता है लेकिन हम में से बहुत लोग इससे सहमत नहीं हैं। आपकी थियरी साइकोलॉजी को अराजकता और रहस्यवाद की तरफ ले जाएगी। हम एक-एक व्यक्ति के बिहैवियर को कैसे एनालाइज कर सकते हैं? और फिर पुरानी मान्यताएँ खत्म करने पर इसका हल क्या है?"

"मैम, मैं खुद चाहता हूँ कि साइकोलॉजी में अराजकता पैदा हो, तभी हम कोई हल निकाल पाएँगे। नहीं तो सालों-साल बस फ्रायड, एडलर, जुंग से चिपके रहेंगे।"

"ओके-ओके... मैम, आप दोनों अपने-अपने क्वेश्चंस को पर्सनली डिस्कस कर सकते हैं। प्लीज समयाभाव है, किसी और की कोई क्वेरी, जो हमारे यंग साइकोलॉजिस्ट से पूछे? हम कार्यक्रम को आगे ले चलते हैं।" प्रोफेसर लांबा ने हस्तक्षेप किया। उन्हें सत्र लंबा खिंचने की उम्मीद लगी।

"थैंक्स मिस्टर विनीत टाइम हो रहा है। थैंक्स फॉर योर पेपर।"

सेमिनार्स से विन्नी हमेशा खिन्न हो जाता था। एक बँधी-बधाई प्रणाली, एक 30 से 45 मिनट का सीमित समय से। कुछ ही लोग होते हैं जो इंट्रेस्ट लेते हैं। उसने ऑडियंस का धन्यवाद दिया और कॉरिडोर की तरफ भागा। अचानक से उसे भूख-सी महसूस हुई। कॉरिडोर में बहुत कुछ था लेकिन कैंटीन की चाय नहीं थी। वह निकल पड़ा कि इसी बहाने यूनिवर्सिटी कैंटीन भी देख लेगा। ऑडियंस वैसे ही उसका मजाक उड़ाती, वह इससे बचना भी चाह रहा था।

नवंबर के आखिरी दिन चल रहे थे। यूनिवर्सिटी में गुलाबी ठंड का आगाज हो गया था। हल्की-सी सिहरन महसूस हुई। राजधानी की सबसे पुरानी यूनिवर्सिटी थी। विन्नी के जीवन के आठ साल इसी यूनिवर्सिटी और उसके हॉस्टल में बीते थे। आज भी उसे सीसीडी/स्टारबक्स की कॉफी से बेहतर कैंटीन की चाय लगती है।

इस बार कैंटीन आना जल्दी हो गया। पिछली बार अतुल के साथ आया था। कैंटीन में रौनक थी। सेमिनार की वजह से हॉस्टलर्स आए थे। सेकंड सेशन में कल्चरल प्रोग्राम था, शायद इसकी वजह से ज्यादा भीड़ थी।

एक चाय और बन-मक्खन बोलकर विन्नी लाइब्रेरी की तरफ चला गया। अंदर जूनियर्स, स्टूडेंट्स होंगे, यही सोचकर वह लाइब्रेरी की तरफ चल पड़ा। शाम का धुंधलका टैगोर लाइब्रेरी के सामने यूकेलिप्टस पर आने लगा था। यूनिवर्सिटी में शामें इसी तरह आती हैं, पहले गुंबद पर,

फिर यूकेलिप्टस पर।

"विन्नी, लाइब्रेरी के बाहर भी दुनिया है।" प्राची हमेशा कहती थी।

प्राची, देखो आज अपनी लाइब्रेरी कितनी उदास है। कोविड नहीं होता तो कितनी चहल-पहल होती। प्राची अमेरिका में होगी। इस वक्त वहाँ सुबह हो रही होगी, फोन करके डिस्टर्ब करना ठीक नहीं होगा।

"विन्नी मुझे भी चाय पिलाओ और भूख भी लगी है।"

"निकिता मैम, व्हॉट ए प्लीजेंट सरप्राइज, प्लीज बी सीटेड। मैं ऑर्डर कर आता हूँ।

"मैं कर आई हूँ, तुम पे कर देना बस।"

"मुझे खुशी होगी। आप श्योर थीं कि मैं कैंटीन जा रहा हूँ?"

"क्यों? आफ्टर ऑल, आई एम योर सीनियर।"

मैम के चेहरे पर सीनियरिटी दिख रहा थी और स्वाभाविक सुंदरता की जगह मेकअप ने ले रखी थी।

"अतुल नहीं आया है?"

"वह भीतरगाँव गया है, पुराने मंदिरों पर डॉक्यूमेंट्री बनाने।"

"अदभुत! कल बता रहा था, भीतरगाँव के मंदिर..."

"आपने देखा है?"

"भीतरगाँव के मंदिर में मैं एक बार गई थी। जब छोटी थी तो एक बार स्कूल के ट्रिप पर गई थी। अद्भुत है। मुझे भीतरगाँव के पास बेहटा के भगवान जगन्नाथ का मंदिर फिर से देखना है। उस पर काम करने की जरूरत है। वह मंदिर पुरी के मंदिर से भी पुराना है। उत्तर और दक्षिण की संस्कृतियों के सम्मेलन में बेहटा के मंदिर महत्त्वपूर्ण कड़ी हैं। अभी उन पर ठोस काम नहीं हुआ है।"

"लेकिन अतुल किसी प्रोजेक्ट पर रुक नहीं रहा है। वो भाग रहा है। पहले दिल्ली से भागा, अब लखनऊ से भाग रहा है। ही इज सिली, उसको लग रहा था कि वह दिल्ली से दस साल बाद वापसी करेगा और उसे

लखनऊ वैसा ही दिखेगा।" विनीत ने कुछ सोचते हुए कहा।

"उसे यह समझना होगा कि बिल्डिंग्स, कैंटीन अपने आप में खूबसूरत नहीं होती हैं। वो दौर ही खूबसूरत होता है जब आप युवा हो रहे होते हैं। आप अपने हम उम्र लोगों, खूबसूरत चेहरों से घिरे रहते हैं। आप एक जीवंत इकोसिस्टम में साँस ले रहे होते हैं। आप दुबारा उस दौर को ढूँढ़ेंगे तो वो मृतप्राय ढाँचा ही मिलेगा। जैसे कि आप फूल की खुशबू नहीं पाएँगे, बस डंठल पाएँगे। बुद्ध कहते हैं कि आप एक ही धारा में दुबारा नहीं नहा सकते। वो तो फिर दस साल का गैप है।"

"मीर पर उसकी डॉक्यूमेंट्री मैंने देखी, एक भावतिरेक था।"

"उसे ज्यादा व्यूअरशिप भी नहीं मिल रही है।"

"छुट्टियों में कैंटीन बहुत उजाड़ हो जाती है, सिर्फ हॉस्टलर्स ही आते हैं।" विनीत बात बदलना चाह रहा था।

लेकिन आज कैंटीन में अंदर बहुत भीड़ है। मैं अपनी फेवरेट टेबल पर बैठना चाहती थी।"

"सब सेमिनार की पूरी खाने आए हैं।"

"सेमिनार की पूरी, कितना मजा आता था हम लोग इंतजार करते थे कि आज कम-से-कम कैंटीन का खाना नहीं खाना पड़ेगा। दिन भर सेमिनार में पकने के बाद लंच का अलग ही मजा होता है। विन्नी, तुमने उस औरत को सही जवाब नहीं दिया। मुझे लगता है कि तुम्हारी थिंकिंग समेकित नहीं है। मुझे ऐसा लगता है, प्लीज डोंट माइंड।"

"समेकित?" विन्नी इस शब्द को चबा रहा था।

"मतलब एक संपूर्ण, एक पूरा इकोसिस्टम। हमारे यहाँ विषय की विशिष्टता को महत्त्व दिया जाता है। अन्य विषय के साथ या कलाओं के साथ नहीं जोड़ा जाता है। समस्या यहाँ है। आधुनिक चिंतन में यह समस्या बढ़ी है। पहले ऐसा नहीं था। आर्यभट्ट जितने बड़े गणितज्ञ थे उतने बड़े संगीतज्ञ भी थे। अब ऐसा नहीं है। तुम साइकोलॉजी को इंडिविजुअल

सब्जेक्ट के रूप में देखते हो। तुम उसे कला, संस्कृति या अन्य विषय से जोड़कर नहीं देखते। तुम समस्या को तो पहचानते हो, लेकिन उसके समाधान का कोई विकल्प नहीं दे पाए हो।"

"मतलब?"

"आधुनिक चिंतन सबकी विशिष्टता को नष्ट करके एक दिशा में विकास कराना चाहता है, जैसा तुमने कहा, वन डायमेंशन मैन, एक्जैक्टली। लेकिन इसके उलट भारतीय मनीषा सबकी विशिष्टता को स्वीकार करते हुए उनकी सारी अच्छाइयों और बुराइयों को स्वीकार करते हुए उनमें उदात्तता का भाव भरती है। यह उदात्तता एक परिमार्जन है जो संगीत, साहित्य और कलाओं से आती है। भारतीय चिंतन, चेतन, अवचेतन गोपनीय चेतना, तीनों को स्वीकार करते हुए उनका एक समान धरातल पर संगीत और कलाओं के माध्यम से परिमार्जन करती है और उन्हें उदात्तता की तरफ अग्रसर करती है। तुम संगीत को समझो। हमारे यहाँ भक्ति संगीत को देखो, कृष्ण-राधा के प्रेम में भिगोता हुआ तुम्हें उदात्त कर देगा। तुम्हारी तीनों चेतनाएँ एक आकार होती हुई ईश्वर के समीप आनंदित हो जाती हैं। चेतना का समर्पण ही आनंद हैं। गीत गोविंदम देखो, विलास कला के कौतूहल से शुरू होता काव्य और ईश्वर के समीप ले जाता है। कितना अलौकिक है!

यदि हरि स्मरणे सरसं मनो यदि विलासकलासु कुतूहलम॥
मधुरकोमलकान्त पदवलिम श्रुणु जयदेवसरस्वतीम्॥३॥

"तुम समझ नहीं पाए?" निकिता को सब बोलने के बाद लगा कि विन्नी संदेह में है।

"मुझे लगता है तुम्हें संगीत के बारे में, नाट्य के बारे में जानना चाहिए। तुम यूनिवर्सिटी से ही उदासीन बने रहे, बस किताबों में डूबे रहे। तुम्हीं तो सेमिनार में शेखी बघार रहे थे– लाइफ शुड नॉट बी वन डायमेंशन।"

विन्नी चुप चाप सुन रहा था।

"अच्छा चलो कल्चरल प्रोग्राम भी चालू होने वाला होगा। मैंने ही उसकी थीम बनाई है।"

कैंपस में शाम का धुंधलका छाने लगा था।

"विन्नी, एक बात पूछनी थी।"

"क्या ?"

"क्या तुम्हें भी लगता है कि अतुल का जीवन मेरी वजह से बर्बाद हुआ है ? क्या तुम भी ऐसा मानते हो ?"

कुछ प्रश्न शायद जवाब देने के लिए नहीं होते हैं– विन्नी ने सोचा।

7.2

उधौ, कल शरत पूर्णिमा है
कान्हा हमारे पास नहीं हैं
द्वारिकाधीश हैं वो
रत्नजड़ित मुकुट, दंडभार से जकड़े द्वारिकाधीश
हमारे कान्हा मोर मुकुट कटी काछनी कर मुरली उर माल
नहीं, अब हमारे कन्हैया नहीं हैं वो

राधा गई थी द्वारका
यमुना का जल
गोकुल का माखन
भरे अपने नयनों में
अपने कान्हा से मिलने
लेकिन लौट आई नगर द्वार से ही
जनमानस के बीच विराजे थे कान्हा
लेकिन
रत्न जड़ित मुकुट, दंड भार से जकड़े
वे राधा के कान्हा नहीं हैं
वे पूरा दिन राज दंड लिए फिरे
उनके हाथों में मुरली नहीं थी

उनसे मिलने हम क्यों जाएँ, उधौ?
वो मोर मुकुट पहन भी लिए तो क्या?
राज-पाट छोड़कर यमुना तीरे आ सकते हैं

उधौ मन नाहीं हाथ हमारे
एक हूतो गयो श्याम संग

पिछली शरत को ही हमारे कान्हा और हम डूबे थे
प्रेम में एकाकार
शीतल यमुना शीतल चंद्रमा

उधौ, क्या वे राजदंड छोड़ देंगे?
छोड़ भी दिया तो क्या उनकी स्मृतियों से राजदंड मिटेगा?
नहीं उधौ, वो सकुचेंगे माखन चुराने से
यमुना तीरे वो एकांत नहीं जनमानस पाएँगे

उधौ बस इतना कहना कि जब भी दंड भार अधिक लगे
तो वृंदावन आएँ कुछ दिनों-पलों के लिए ही
सब त्यागकर सिर्फ प्रेम से पगें, कर मुरली उर माल धारण कर।

निकिता की आवाज गूँज रही थी। यह मालवीय हाल था, यूनिवर्सिटी का मुख्य सभागार। विन्नी के बैच की वेलकम पार्टी यहीं हुई थी। निकिता मैम का गायन पहली बार उसने यहीं सुना था।

बिन गोपाल बैरानी भई कुंजै
तब ये लता लगती अति शीतल, अब भई विषम ज्वाल की पुंजै

वृथा बहती जमुना, खग बोलत, वृथा कमल फुले, अली गुंजाई
पवन पानी घनसार संजीवनी दाधिसूत किरण भानु भई भुंजै
ए उधो, कहियो माधव सो विरह कदन करि मारत लुंजाई
सूरदास प्रभु को मग जोवत अंखिया भई बरन ज्यों गुंजाई
वृत्था बहती जमुना...

गोपियों को अब वो सब कुछ अनावश्यक लग रहा है जो कान्हा के साथ सुखदाई लगता था। जमुना, पक्षी, फूल, हवा, सब कुछ व्यर्थ कान्हा के बिना।

"विन्नी, यह राग सारंग है। हरिदास जी का प्रिय राग। हरिदास जी ने इसे वृंदावन की गलियों तक पहुँचाया। इसे वृंदावन सारंग भी कहते हैं। भगवान कृष्ण को धरती पर अवतरित करने के लिए स्वामी हरिदास ने इसी राग को गया था। तब वो हरिदास जी के सामने प्रकट हुए थे। प्रभु देर तक हरिदास जी से इस राग को सुनते रहे। फिर हरिदास जी ने भगवान से अनुनय-विनय किया तो प्रभु मूर्ति में समाहित हो गए। यह मध्यान्ह में गाने वाला राग है।

8.0

डीन ऑफिस, आईटी यूनिवर्सिटी

"आओ विन्नी, आई एम वेटिंग फॉर यू। मैरिज काउंसलिंग से ऊब गए हो, यही कहना चाहते हो?"

"सर, मैं क्विट करना चाहता हूँ। वहाँ किसी को कोई इंटरेस्ट नहीं है। न काउंसलर्स को और न उनको जिनका काउंसलिंग होना है। सब तारीख लेने आते हैं।"

"बस दो ही मीटिंग में छोड़ना चाहते हो? तुम बहुत नेगेटिव होते जा रहे हो। इस उम्र में इतना नेगेटिव होना ठीक नहीं है।" निलय सर कुर्सी से उठकर भाषण की मुद्रा में आ गए।

विन्नी को लगा कि अब सुनना पड़ेगा।

"अजीब दुनिया है जिसमें लोग शादी करके इतना परेशान हैं।"

"विन्नी, हम शादी, पत्नी को लेकर ओवरहाइप्ड हैं। तुम दूसरे रिश्तों की मॉनिटरिंग करो।"

"क्या हम कोई भी ऐसा रिश्ता निभा सकते हैं जिसमें साथ रहना अनिवार्य शर्त है? तुम बताओ नब्बे से संयुक्त परिवार खत्म हो गए और 21वीं सदी में एकल परिवारों पर भी खतरा आ गया है। हम पिता के साथ नहीं रह पाए। हम भाई के साथ नहीं सेटल कर पाए। क्या इस पर वर्क नहीं होना चाहिए? तुम ओल्ड एज होम में रहने वालों से पूछो। एक घर में जलते चार चूल्हे हमने देखे हैं। हम हर रिश्ते के लिए मिसफिट रहे।

हम तभी तक सामाजिक प्राणी हैं जब तक हमारा फायदा है। इन सबकी जड़ में वही एडलर का ईगो है। तुम चाहे फ्रायड और एडलर को कितना भी नकारो, वो फानूस की तरह खड़े मिलते हैं। भारतीय मनीषा ने ईगो को खत्म करने के लिए कितना चिंतन किया है, लेकिन ईगो आज भी सुरसा की तरह खड़ा है। हम धीरे-धीरे खत्म होते जा रहे हैं।"

इस बार कमरे में अँधेरा ज्यादा था। निलय पूरा समय दीवार से टेक लिए रहे।

9.1

भीतरगाँव, कानपुर

"माँ सीता कितने सधे कदमों से रावण को भिक्षा दे रही हैं। एक-एक डिटेल्स को धीरता से देखिए। साड़ी की सलवटें अद्भुत हैं। रावण याचक काया लिए हुए पोटली पीछे कंधे पर लटकाए हुए माँ से भिक्षा ग्रहण कर रहा है।"

"माँ की दयालुता देखिए, नियम शास्त्र अपनी जगह और किसी को भूखा न रहने देने का संकल्प अपनी जगह। माँ को सब मालूम था कि यह दुष्ट राक्षस उन्हें उठा ले जाएगा, लेकिन यदि माँ भिक्षा नहीं देती तो कितना बड़ा कलंक लगता रघुकुल परिवार पर। इतिहास ताने देता कि एक रघुकुल कन्या ने एक याचक को भिक्षा नहीं दी।"

वो कुछ देर के लिए चुप हो गए।

"माँ के चेहरे का तेज देखिए, कितनी आभा है। माँ सब जान रही हैं लेकिन समाज-कुल की मर्यादा के लिए लक्ष्मण रेखा को लाँघ रही हैं।"

अतुल को आश्चर्य हुआ। माँ का तो चेहरा भग्न हो चुका है फिर इन्हें कैसे दिख रहा है! जब मंदिर को करनिंघम ने देखा तब भी सीता माता का चेहरा भग्न था। उसने लिखा भी है।

राहुल ने साहस बटोरे के पूछा, "आप यहाँ कब से हैं?"

"कब से का क्या मतलब?" उन्होंने फीकी मुस्कान के साथ कहा।

"मैं यहाँ से गया ही कब था। मैं तो यहाँ तब से हूँ जबसे बुद्ध तपस्या

कर रहे हैं। उनके लिए खीर बना के लाया हूँ, लेकिन वो तपस्या से उठें तो। देखो ध्यान से, लग रहा है कि अब इशारा कर रहे हैं उठने का।"

अतुल को उनका जवाब अटपटा लगा। वह उनसे पीछा छुड़ाने की सोचा। वो एक दुबली-पतली काया थी। एक लंबा कुर्ता पहने, धोती लपेटे, एक लंबी मुस्कान लिए हुए थे। अतुल मंदिर से बाहर गेट की तरफ जाने लगा। तब तक उसका असिस्टेंट कुमार दिखाई दिया।

"सर ये संदीप हैं। ये गाइड हैं। इन्हें अच्छी जानकारी है इस क्षेत्र की। यहाँ कई मंदिर हैं।"

अतुल को राहत हुई।

"संदीप... वो कौन हैं?"

"वो बगल के गाँव में रहते हैं। रोज यहाँ पूजा-पाठ करने आते हैं। बगल के झींझी नाग मंदिर के पुजारी भी हैं। जब इस मंदिर का जीर्णोद्धार हुआ था तो सारी ईंटें झीझी नाग मंदिर से ही लाई गई थीं।"

"आप यहाँ कुछ खास... ?" संदीप ने राहुल से पूछा।

"मैं एक डॉक्यूमेंट्री बनाना चाह रहा हूँ, उत्तर प्रदेश के पुराने मंदिरों पर। विशेषकर भीतरगाँव के मंदिरों पर।"

"मुझे लगा। तभी आप गाइड ढूँढ़ रहे थे, वरना यहाँ बहुत कम लोग आते हैं। बहुत अद्‌भुत मंदिर है। इसके आस-पास के गाँवों में कई ऐसे ही स्ट्रक्चर आपको मिलेंगे। यह भितरीगाँव है, कानपुर शहर का आउटस्कर्ट। इसके किनारे बारी गाँव है– शायद बाह्य से टूटकर बना बारी गाँव। इस मंदिर की सूचना सबसे पहले कनिंघम को मिली। वो भागे-भागे आए, अद्‌भुत हतप्रभ कनिंघम, ईंट का मनोरम स्ट्रक्चर, आस-पास झाड़-झंखाड़ के बीच। एक समय बिजली गिरी थी मंदिर पर, इसका ऊपरी हिस्सा उसी में क्षतिग्रस्त हो गया था। कनिंघम दोबारा लौटकर आए। उनका अनुमान था कि यह मंदिर कम-से-कम सातवीं शताब्दी की होगी।"

कनिंघम को गहराई से पढ़ना पड़ेगा– राहुल ने सोचा।

संदीप ने आगे बताना शुरू किया-

कनिंघम मैकाले के ठीक उलट थे। जहाँ मैकाले पूरे भारतीय ज्ञान को ब्रिटिश लाइब्रेरी के एक अलमीरा के बराबर मानता था, वहीं कनिंघम ने पूरी दुनिया का तक्षशिला और नालंदा से परिचय कराया था। भीतरी गाँव के मंदिर के लिए उसने ब्रिटिश सरकार से पाँच सौ रुपये बजटीय प्रावधान करने के लिए कितनी बार लिखा है। भारत में ईंट का बना सबसे पुराना स्ट्रक्चर। अजंता-एलोरा की गुफा मंदिर के बाद बने सबसे पुराने मंदिर की संरचना। इंसान ने तब ईंट बनाना सीखा ही था। रॉक स्ट्रक्चर के बाद सबसे पहला ब्रिक स्ट्रक्चर। आश्चर्य है कि आस-पास कहीं भी ईंट बनाने की उपकरण वगैरह भी नहीं पाए गए हैं।

पाँचवीं सदी का ढाँचा है। आठ फीट की दीवारें, 50 फीट की ऊँचाई। कुतुबमीनार से 800 साल पहले।

एक इमारत को कहा जाए कि यह गुप्त युग के स्वर्णिम काल की द्योतक थी तो यही इकलौती इमारत है। शैव शक्ति, कृष्ण, नारायण, माँ सीता, बुद्ध सब एक जगह एक दीवार पर, संपूर्ण प्राचीन संप्रदाय एक साथ मंदिर में दिखेंगे। तपस्या करते बुद्ध, रावण को भिक्षा देती माँ सीता, कृष्ण बलराम के साथ, विष्णु वारहवतार में, मधु कैटभ का वध करते विष्णु, गरुण की सवारी करते हुए विष्णु, माँ गंगा, शुंभ निशुंभ का वध करती हुईं माँ दुर्गा, शिव पार्वती चौसर खेलते हुए, आदि।

इतिहासकार बौद्ध धर्म का हिंदू धर्म में समाहितिकरण नौवीं सदी में मानते हैं लेकिन यह मंदिर उन सारी अवधारणाओं को तोड़ता है। आप इधर दूरबीन से देखें, एक-एक ईंट अलग-अलग साँचे से ढाली गई है। आप वस्त्रों की सलवट तक देख सकते हैं। आभूषणों को देखें, माँ सीता के पैरों में पहनी करधनी देखें। कितनी महीन कारीगरी है, एकदम स्पष्ट विवरण है।"

"शायद देवता स्वयं बना रहे थे। वो होते तो यही कहते।" अतुल को

बाबा की कमी महसूस हुई। वो संदीप को ध्यान से सुनता रहा।

"तब यह मंदिर काफी असुरक्षित था। पास के झींझी नाग मंदिर से कई ईंटें इस मंदिर में लगाई गई हैं। कोई फूलपुर शहर बसा था गंगा और यमुना के बीच। आप कुलगाँव घाट पर जाएँगे तो बहुत से प्राचीन मंदिर आर्किटेक्चर मिलेंगे। गंगा नदी के घाट से ही तब वृहद व्यापार होता था। फूलपुर सिल्क रूट और गंगा नदी से बंगाल की खाड़ी से जुड़ा था। अतुल साहब, आइए मंदिर में अंदर चलते हैं।"

गर्भगृह में जाने के लिए सीढ़ियाँ थीं। वो सीढ़ियों पर बैठे थे। छोटी-सी कटोरी में कुछ लिए थे।

"बुद्ध तो आज भी तपस्या में हैं। कल देखूँगा, तपस्या से उठेंगे तो खीर दूँगा।"

"बाबा आप घर नहीं गए?"

"घर में ही तो हूँ।" इस बार उनका रूखा जवाब था।

गर्भगृह में कोई मूर्ति नहीं थी, बस कई छोटे-छोटे ताखे थे।

"आपको आश्चर्य होगा कि गर्भगृह में कोई मूर्ति नहीं है। शायद सब चोरी हो चुकी हैं, कनिंघम को भी कोई मूर्ति नहीं मिली थी।"

"विष्णु जी थे, जगन्नाथ जी ने बुलाया वहीं बेहटा चले गए। फिर नींद आ गई तो कमल नाभि पर ही सो गए। तुम चले जाना दर्शन करने और यहाँ से जल्दी निकलो नहीं तो यहीं रह जाओगे।" बाबा हँस रहे थे। उनकी हँसी में एक सम्मोहन था।

"यह भी अद्‌भुत मान्यता है। जो यहाँ शाम तक रुक गया वह घर नहीं जा पाता है। अब शाम होने को है, चलिए निकला जाए।" संदीप की आवाज में भारीपन था।

जो शाम तक रुक गया फिर घर नहीं जा पाता है। अतुल ने घड़ी देखी तो शाम के चार बजे थे। पूरा मंदिर परिसर सुनहरी धूप से नहा रहा था।

"आप बेहटा चलेंगे, यहाँ से पास में है, दो किमी की दूरी पर? वहाँ

छोटे पद्मनाभम स्वामी विराजे हैं और भगवान जगन्नाथ भी हैं। पूरी के मंदिर से 500 साल पहले का मंदिर है। अद्भुत मंदिर है– दक्षिण और उत्तर का संगम।"

'क्या सच में वो रोज खीर लेकर आते हैं?' अतुल देर तक सोचता रहा।

9.2

अतुल को भीतरगाँव से आने के बाद एक गहरी नींद आई। यह पिछले दो महीने की भागमभाग की थकान थी या फिर एक लंबी यात्रा की थकान थी। सुबह उठा तो कोई ताजगी नहीं थी। डॉक्यूमेंट्री बनाना उसे टीवी डिबेट की तरह ही नीरस लगने लगा था। उसे शुभी की बहुत याद आने लगी। वह शुभी का नंबर याद करने लगा 9839... उसे आखिरी के नंबर याद नहीं आ रहे थे। उसकी शादी के बाद उसने उसका नंबर डिलीट कर दिया था।

अतुल देर तक सोचता रहा कि विन्नी से नंबर ले लूँगा लेकिन वह क्या सोचेगा!

लखनऊ की दिसंबर की एक प्यारी दोपहर। सामने है शर्मा की चाय और रॉयल कैफे की बास्केट चाट। कितना कुछ है जिसको शुभी के साथ एंजॉय किया जा सकता है। वह अपने मोबाइल कॉन्टैक्ट्स मैसेजेज फिर देखने लगा कि शायद कहीं शुभी का कोई नंबर बचा हो।

10.0

"विन्नी, पापा का फोन आया था? तुमसे बात हुई थी?"

"हाँ वो निधि ने सुसाइड कर लिया है। विश्वास नहीं हो रहा है। मैंने ड्राइवर को बोल दिया है, अभी निकला जाए। दो घंटे में हम लोग पहुँच जाएँगे।"

11.1

सजेती, कानपुर

'मेरी आत्महत्या का जिम्मेदार आशीष है।'

"ओरिजिनल सुसाइड नोट पुलिस के पास है। मैंने एक फोटो खींच लिया था।"

"यह बेमन से लिखा सुसाइड नोट लग रहा है। अक्षर बड़े-बड़े हैं। संक्षेप में लिखा है। यह उसी तरह है जैसे एग्जाम हॉल में आपको प्रश्नों के उत्तर न आ रहे हों तो आप टाइम पास करने के लिए बड़े-बड़े अक्षर बनाने लगते हैं।" विन्नी सकुचाया, उसे यह उदाहरण नहीं देना चाहिए था।

कमरे को पुलिस ने येलो टेप से घेर रखा था। यह ऊपर वाला कमरा था। बाहर छत की तरफ खुलता था। गर्मियों की शाम, जाड़ों की दुपहरी का अड्डा। सामने कॉलोनी का पार्क।

"झगड़ा हुआ था दोनों में?"

"नहीं कभी नहीं भैया, मैं तो दो साल से रह रहा हूँ। भैया-भाभी में कोई झगड़ा तो नहीं हुआ। भाभी तो अपनी मम्मी की मौत के बाद शांत रहने लगी थीं।"

"बड़े पापा, माँ कहाँ है?"

"आरव बेटा, उनकी तबीयत ठीक नहीं है। वो डॉक्टर के पास गई हैं।"

"सब यही कह रहे हैं। दादा-दादी भी यही कह रहे हैं।" आरव रोने

लगा।

"आरव, रोते नहीं हैं बेटा!"

"पापा को भी पुलिस ले गई।"

"पुलिस?" विन्नी हैरान था।

"हाँ, निधि के पापा ने शायद मुकदमा लिखवाया है!"

"इज ही गॉन मैड?"

"बेटा, कोई भी बाप अपनी बेटी की लाश देखेगा तो वह संयम खो देगा।"

"लेकिन आशीष की क्या गलती है? कभी निधि ने बताया भी नहीं!"

"यदि दोनों में कोई समस्या होती तो हम लोग डिवोर्स ही करा देते। आशीष ने कभी कुछ नहीं बताया। निधि ने भी नहीं बताया। अब सोचने-समझने का कोई फायदा नहीं है।"

"कोई पाँच लोग आ जाएँ कृपया, बॉडी का पंचनामा होना है।" एक पुलिस सब इंस्पेक्टर की आवाज थी।

"विन्नी, पंचनामा करवा दो, मुझसे देखा नहीं जाएगा।"

निधि की बॉडी बाहर पोर्च में रखी थी। कॉलोनी के इक्का-दुक्का लोग इकट्ठा थे।

"बॉडी? निधि बॉडी में बदल गई? अभी कल शाम को ही तो उससे और आरव से बात हुई थी। अगले महीने आशीष का बर्थडे हम लोग प्लान कर रहे थे।"

"मिस्टर..."

"विनीत नाम है मेरा।"

"विनीत आप?

"मैं मृतका का जेठ हूँ।"

"विनीत जी, आप स्वयं बॉडी देखें, कोई चोट आपको एक्सटर्नल दिख रही हो।" पुलिस ऑफिसर ने विनीत से कहा।

एक लंबी नींद में सोया शरीर, बॉडी, छोटे भाई की पत्नी। विन्नी ने कभी गौर से उसके चेहरे को नहीं देखा था। गले में लिग्रेचर मार्क और इसके अलावा कोई चोट नहीं थी।

"क्या यह उठ नहीं सकती?" विन्नी का मन किया की एक बार पूरी ताकत लगाकर वह आवाज दे और कहीं से निधि सुन ले।

"सर, गले के अलावा कोई चोट आपने देखी?"

"नहीं।"

"आप अपने बयान में लिख दें कृपया। साथ ही यह लिखें कि मृत्यु का स्पष्ट कारण जानने के लिए पोस्टमॉर्टेम कराना आवश्यक है।"

"आज हो जाएगा?" विन्नी ने घड़ी देखी, रात के 11 बज रहे थे।

"सर, मैं पूरी कोशिश करूँगा, सुबह 10 बजे तक हो जाएगा।"

पोस्टमॉर्टेम को सोचकर ही विन्नी सिहर गया। बॉडी की चीर-फाड़ मृत्यु का कारण जानने के लिए? जिसने स्वयं मृत्यु का वरण किया हो, उसकी मृत्यु का कारण जानने के लिए पोस्टमार्टम? शरीर के सभी बाहरी चोटों का आकलन, शरीर के अंदरूनी भाग के चोट का आकलन। फिर चीर-फाड़, लीवर में क्या है, फेफड़े में क्या है, आदि। ये सब सोचकर विन्नी एकदम सिहर गया।

मस्तिष्क मृत्यु के 20 घंटे तक जिंदा रहता है। निधि की संवेदना इन सब प्रकिया को झेलेगी। और मन उसका पोस्टमार्टम?

मनहूसियत पूरे घर में बस गई थी। विन्नी को घबराहट हो रही थी। वह छत पर भागा। शायद कुछ साँस मिले। देर रात तक विन्नी छत पर गुमसुम बैठा रहा। वह अपने ही शब्दों को बार-बार दोहरा रहा था। हमारा एक गोपनीय जीवन होता है। वह कितनी आशा, आकांक्षा और कामना को समेटे रहता है।

रात गहरी हो रही थी। सामने पावर प्लांट का टावर था। लाइट हाउस की तरह प्रकाश छिटक रहा था। मजदूर रात में काम कर रहे थे। आशीष

के साथ वह कई बार टावर की छत पर गया था। पूरा हमीरपुर शहर टावर से दिखता था। आशीष इस प्रोजेक्ट का एमडी था। कितना खुश रहता था। उसे विश्वास था कि जैसे ही प्रोजेक्ट खत्म होगा वह अपनी कंपनी के जर्मनी के प्रोजेक्ट को ज्वॉइन करेगा।

'भैया, बस कुछ दिनों की बात है। जर्मनी ज्वॉइन करते ही मेरा पोर्टफोलियो ग्लोबल हो जाएगा। भैया, आपके साथ जिदाने के घर में कॉफी पिया जाएगा।'

विन्नी सोच रहा था कि तभी पापा ने कहा– "विन्नी, थाने चलोगे? आशीष शाम से ही पुलिस अभिरक्षा में है। वह टूट जाएगा। चलो।"

"पापा, आरव, माँ और दीपा को लखनऊ भेज दूँ? यहाँ रह के और डिस्टर्ब हो जाएँगे।"

11.2

थाना सजेती, कानपुर

"पापा, आप तो यहाँ रहे थे?"

"बहुत कठिन थाना था। मेरे समय तब दस्यु प्रभावित था। बगल में यमुना नदी है। कहते हैं कि यमुना नदी के पानी में ही कुछ ऐसा था। डकैती के बीसीयों गिरोह थे। फूलन देवी, लाला श्रीराम, विक्रम मल्लाह जैसे गिरोह। हम लोग आजकल की पुलिस की तरह अकेले नहीं निकलते थे। हमेशा टीम के साथ रहते थे। विन्नी, तुम आशीष से मिलो। मैं बाहर ही बैठा हूँ। वो मुझे देखकर बिखर न जाए।"

हरेंद्र की आँखें नम थीं। उन्होंने झूठ बोला था। वो खुद अंदर से हिम्मत नहीं जुटा पा रहे थे। अपनी 35 साल की नौकरी में कितने ही अपराधी उनकी हिरासत में रहे। आज उनका बेटा उन्हीं अपराधियों की जगह खड़ा है। आईआईटी से गोल्ड मेडलिस्ट बेटा।

वो आगंतुक कक्ष की कुर्सी पर बैठे थे। सुबह होने वाली थी। अपनी पूरी नौकरी का लेखा-जोखा जोड़ रहे थे– जाने-अनजाने कोई गलत काम किया नहीं फिर भी? वो मन-ही-मन सारी याद की हुई प्रार्थना दुहरा रहे थे।

"सर जय हिंद! आप बाहर बैठे हैं, ऑफिस में आइए।"

"जय हिंद इंस्पेक्टर साहब! मैं आपको डिस्टर्ब नहीं करना चाहता था। बड़ी देर तक जागते हैं आप।"

धर्मेश नाम लिखा था। हरेंद्र अपनी पुलिसिया आदत से नाम जरूर

पढ़ते हैं।

"सर, आप ही से सीखा है। थानाध्यक्ष को भोर से पहले सोना नहीं चाहिए। ड्राइवर साहब, दो बढ़िया चाय बनवा के लाइए। सर, मैं आपका ट्रेनी था औरैया में।"

"हाँ औरैया में मैं 6-7 साल रहा था।"

"आप यहाँ भी तीन साल रहे हैं, नामावली देखिए।"

वो देखते हैं- 'श्री हरेंद्र 2008-11'

"हाँ मैंने राजीव से चार्ज लिया था। मेरे बाद रंजीत आया था।"

"आप पब्लिक के बहुत नजदीक रहे हमेशा। आज भी आपको यहाँ लोग याद करते हैं।"

"यह थाना हमेशा चुनौतीपूर्ण रहा।"

"आज भी सर, बहुत टफ है। यमुना नदी के किनारे कई बस्तियाँ हैं जिनमें खतरनाक अपराधी रहते हैं। बहुत चौकन्ना रहना पड़ता है इसीलिए रात की गश्त मैं स्वयं करता हूँ। मेरे आने से पहले एक ही रात में दो घरों में लूटपाट हुई थी और एक वृद्धा का मर्डर हुआ था। कप्तान साहब ने तब मुझे यहाँ भेजा था। आपकी सर, यहाँ बहुत गुडविल है। आपने केवट को मारा था, बहुत नाम है आपका।"

"चैलेंज था। उसने महीने भर में तीन डकैती और मर्डर की वारदात की थी। केवट नयी उम्र का था तो बहुत जल्दी में था। मुझे पहली बार इतनी बड़ी चुनौती मिली थी। हम लोगों ने लगातार तीन दिन तक घेराबंदी किया। मुखबिर बहुत पक्का था। नयी उम्र का था वो। 18 के करीब उम्र थी। पहले तो मुझे विश्वास नहीं हुआ। मुझे लगा कि केवट की कोई चाल न हो। नये मुखबिरों पर आप भरोसा भी नहीं कर सकते हैं। घाटमपुर इंस्पेक्टर अनूप तब मुखबिर के ही जाल में फंस कर मारा गया था। वो मेरा बैचमेट ही था। शाम को फोन किया था कि एक मूवमेंट में हूँ। मैंने कहा था कि मेरी जरूरत हो तो बताना। आधे घंटे बाद कंट्रोल से सूचना

आई कि नीबिया खेड़ा में मुठभेड़ में एक सिपाही और इंस्पेक्टर घायल हैं। रात को हम लोग भागे-भागे गए। गोडे ने उसकी कनपटी से सटा के गोली मारी थी। मांस का लोथड़ा कुछ दूर तक जा गिरा था। अनूप मेरे बैच का शेर था। मेरा टोली का कमांडर भी था। बाद में गोडे को हम लोगों ने चित्रकूट के मुठभेड़ में मारा था।"

"अनूप सर का बेटा यहीं कानपुर में ही शहर के थाने पर है।"

"हाँ वो भी मेरे साथ उन्नाव में था। तब मैं डीएसपी हो गया था। इसका बैच ट्रेनिंग करके आया था। मैंने कप्तान साहब से रिक्वेस्ट करके अपनी सर्किल में उसे बुलाया था। बहुत प्यारा लड़का है। वर्दी पहनकर सामने आया तो एकदम से लगा अनूप आ गया है। मुखबिरों पर बहुत जल्दी भरोसा नहीं करना चाहिए। नयी नौकरी में हम लोग यही गलती करते हैं। केवट वाले में मुखबिर ने जो बात बताई, उस पर मुझे यकीन हो गया। केवट ने उसकी बहन को ही रखैल बना डाला था। उसे डर था कि उसकी छोटी बहन को भी वह रखैल न बना ले। लड़कियाँ केवट की सबसे खराब आदत थीं। वह साइको था। उसकी बहन कई बार खून से लथपथ हो जाती थी। केवट संबंध बनाने के बाद अपने लोगों को उन लड़कियों को सौंप देता था। पूरा पुरवा तबाह था इनके आतंक से। हम लोगों ने सुबह तीन बजे घेराबंदी की थी। रात में 2-3 बजे का समय मुझे सबसे सही लगता है। तब हर आदमी गहरी नींद में सोया रहता है। हम लोगों ने अपनी जीप पाँच किमी पहले ही रोक दी थी। फिर पैदल ही घेराबंदी की थी। करीब 50 राउंड गोली चली थी। केवट और उसके आठ साथी मारे गए थे और दस के करीब भाग गए थे। लेकिन हमारा मुखबिर मारा गया था। उसने केवट को भागने नहीं दिया। केवट ने उसके सीने में गोली मारी थी। उसका चेहरा आज भी घूमता है दिमाग में। वो दौर अलग था लेकिन मजा आया। चुनौतियाँ भी बहुत थीं।"

हरेंद्र का यह सबसे प्यारा किस्सा था। उनकी आँखों में चमक आ

जाती थी जब वो सुनाते थे।

"आइए सर, मैं आपको थाना दिखाता हूँ।"

"थाना 1895, यह कानपुर कोतवाली से भी पुरानी बिल्डिंग है। एसएचओ का आवास वही है?"

"सर, नए निर्माण हुए हैं। मैंने पीछे बाउंड्री में पेड़-पौधे लगाए हैं।"

एसएचओ आवास वैसा ही था जैसा वे छोड़ गए थे। बिल्डिंग्स वैसी ही रहती है हम बदल जाते हैं।

उन्हें आँगन देखने की उत्सुकता थी। तब बिजली कम आती थी। वे गर्मियों में आँगन में ही सोते थे। पिस्टल हमेशा तकिए के नीचे रहती थी। पूरा थाना उन्हें जेम्स बॉन्ड कहने लगा था।

"मैं तो हर शाम को यमुना नदी पर चला जाता था। बहुत शांत। थोड़ी दूर आगे बेतवा है। मैं तो डूब गया था इस थाने में, लेकिन यह उम्मीद नहीं थी कि आज मेरा ही बेटा इसी थाने में बंदी बनेगा। नियति क्रूर हो जाती है।"

"सर, चाय लीजिए।"

आँगन में सुबह की उजास आने लगी थी। हरेंद्र एक-एक खंभे-दीवारों को बहुत ध्यान से देख रहे थे। बहुत कुछ पुराना याद आ रहा था। यही वक्त होता था जब वो दबिश के लिए तैयार होते थे। वर्दी शायद लेफ्ट अलमीरा में टँगी रहती थी। कैप बरामदे की खूँटी से लगी रहती थी, आज जहाँ धर्मेश की टोपी टँगी है। थाने का नक्शा टोपी के पास ही चिपका रहता था। मूवमेंट से पहले वह एक कॉन्सेप्ट बना लेते थे।

"आशीष ने कुछ पूछताछ में बताया?"

"नहीं कुछ भी नहीं।"

"कई बातें होती हैं जो आदमी घरवालों को कुछ नहीं बताता, लेकिन पुलिस को बताता है।"

"नहीं वो खुद नहीं जान पाया है कि उसकी पत्नी ने क्यों फाँसी लगाई

है। मैं कई तरीके से उससे पूछताछ कर चुका हूँ।"

"पापा, वो टूट गया है। उसका कैरियर स्टेक पर है। अगले महीने ही पावरप्लांट का प्रोजेक्ट खत्म करके वह जर्मनी में एक टनल बनाने में जाने वाला था।"

"आशीष से मिल लिए?"

"हाँ लेकिन निधि ने ऐसा क्यों किया, उसकी समझ में नहीं आया है।" विन्नी की आवाज में थकान थी।

"उसको काम का पैशन तो है। कई बार पावरप्लांट में मजदूरों के प्रदर्शन पर मैं गया हूँ। बहुत ही पैशनेट है। सब उसकी तारीफ भी करते हैं। सीएसआर से यह कैंटीन भी उन्होंने पास कराई थी। वो कहते हैं कि इसी थाने में मेरी गर्मी की छुट्टियाँ बीतती थीं इसलिए जब भी सीएसआर का फंड आता वो थाने पर कुछ-न-कुछ करवाते थे। लेकिन क्या कहा जाए! नियति है।"

"पापा, तब हम लोग कॉलेज में थे।"

"हाँ तुम दोनों अपनी माँ के साथ शहर में रहते थे। जब कप्तान साहब की मीटिंग होती थी तो मैं बड़ा खुश होता था। तुम लोगों से मिलने का मौका मिल जाता था।"

"आप लोग उसे जेल भेज रहे हैं?"

"सर, सुसाइड नोट है। आप होते तो क्या करते?"

"वैसे तो मेरा हक नहीं है लेकिन फिर भी कोई एविडेंस, पूर्व में झगड़े का कोई चश्मदीद साक्षी, कोई सीडीआर, एनी सपोर्टिव एविडेंस खोजता। एक पिता के साथ एक पूर्व पुलिस ऑफिसर की हैसियत से भी मुझे क्योरियोसिटी है कि आखिर क्या कारण है कि बहू ने इस तरह से फाँसी लगाई। यदि दोनों में पहले एक दिन का भी तनाव हुआ होता तो मैं डिवोर्स करा दिया होता।"

"केस तो सर कॉम्प्लिकेटेड है। सीडीआर, नथिंग एब्नॉर्मल, तीन

गवाही मैंने ली है। गवाह नंबर एक देवेश ने कुछ भी बताने से इनकार किया। उनका बस यही कहना है कि उससे मेरी बात नहीं होती थी। गवाह नंबर दो राजेश कुछ भी बताने से इनकार किया। उसका पड़ोसी से कोई इंटरेक्शन ही नहीं। शहरों में पड़ोसी कहाँ इंटरेक्शन रखते हैं, ऐसे ही चार-पाँच और गवाह पड़ोसी जो कुछ भी बताने से इनकार कर रहे हैं। उनकी केस डायरी में समाई साक्षी में जिक्र है।"

"इन सब ने कुछ भी बताने में असमर्थता जताई है। वैसे भी पॉश सोसाइटियाँ एक जिंदा कब्रिस्तान हैं, किसी को किसी से कोई मतलब नहीं रहता है।"

"पूर्व में कोई प्रार्थना पत्र ?" हरेंद्र ने जोर देकर पूछा।

"पूर्व से भी पिछले एक साल के कोई प्रार्थना पत्र नहीं है, एक सुसाइड नोट के अलावा कोई प्रूफ नहीं है।"

"शाम से ही मैंने बहुत सोचा लेकिन कोई कारण कोई वजह... ऐसे भी कोई जाता है ? कभी कोई शिकायत भी नहीं ?"

"जो शिकायत कह देते हैं उनका मन हल्का हो जाता है। जो शिकायत नहीं कहते हैं वे ज्वालामुखी बन जाते हैं। यह एक संकट है। पहले हमीं लोग अपने माता-पिता से कितना डाँट-गाली खाते थे। कोई असर नहीं होता था।"

"आजकल के लड़के-लड़कियाँ, माँ-बाप किसी से कुछ कहना नहीं, बस रस्सी का फंदा पकड़ ले रहे हैं। कल ही मैंने एक 14 साल के फूल जैसे बच्चे की डेडबॉडी फाँसी से उतारी है। सिर्फ रिजल्ट के भय से उसने आत्महत्या कर ली थी। इकलौता बेटा था। आजकल तो रोज ही एक छोटे थाना क्षेत्र में सुबह लटका मिल रहा है। आत्महत्याएँ तो हमारी नियति का हिस्सा हो गई हैं। मन थक गया है बॉडी उतारते-उतारते। हफ्ते में तीन से चार आत्महत्याओं का अनुपात है जबकि हमारे थाना क्षेत्र में हत्या महीने में दो से तीन ही होती है। ये आत्महत्याएँ हमारा व्यक्तिगत दोष नहीं हैं। यह

एक संकट है। क्योंकि हमने कहना, बातें करना, बैठना आदि छोड़ दिया है।" धर्मेश चुप हो गए। कुछ ऐसा था जो वो देर तक अपने सीनियर से चर्चा करना चाहते थे लेकिन यह समय उन्हें ठीक नहीं लगा।

"इंस्पेक्टर साहब, मैं साइकोलॉजिकल एक्सपर्ट हूँ। पुलिस का प्रोफेशनल असिस्टेंट भी हूँ। सुसाइड नोट का जो पैटर्न है, उसमें अक्षर युजुअली बड़े-बड़े हैं और संछिप्त मैटर है, बस तीन वाक्य में। यह कुछ ऐसा ही हैं जैसे आप एग्जाम हॉल में उत्तर न आने पर आप बड़े-बड़े अक्षर लिखकर टाइम पास करते हैं।" विन्नी को क्षोभ हुआ। वह एक ही उदाहरण बार-बार दोहरा रहा था।

"लेकिन सुसाइड नोट को आप कहाँ ले जाएँगे? इट्स ऐज लाइक डाइंग डिक्लेरेशन।"

"मैं भी वही करता जो आप कर रहे हैं।" हरेंद्र ने एक भारी आवाज में कहा।

"विन्नी, उसका मन मजबूत करो। पुलिस ऑफिसर का लड़का है, हिम्मत और साहस से ट्रायल फेस करे।"

"मैं बस इतना चाह रहा हूँ कि कल आप उसे धार्मिक रीति रिवाज करने दें, क्योंकि आरव अभी छोटा है। अपनी माँ की चिता को आग लगाना उसे सदमा देगा। शाम के बाद उसे जेल भेजें।"

"वो एकदम टूट गया है। पापा, करियर को लेकर वो बहुत सेंसटिव हैं। नेक्स्ट मंथ जर्मनी में एक प्रोजेक्ट ज्वॉइन करने वाला था। ग्रेजुएशन के लिए हम लोग कितना कहे कि आईआईटी कानपुर ज्वॉइन करो लेकिन उसने सिविल इंजीनियरिंग के लिए रुड़की चुना। एक गर्लफ्रेंड तो उसने बनाई नहीं। इस रिश्ते की भी शुरुआत निधि ने ही की थी। पता नहीं उसे क्या दिखा था। ये तो सीमेंट-सरिया के अलावा किसी बॉन्ड को समझता ही कहाँ है!"

12.1

उसकी मृत्यु एक आपदा की तरह आई थी। इसकी उम्मीद नहीं थी। आपदा के गुजरने के बाद बाकी जीवन सँभालने की उम्मीद में ही बीत जाती है और स्मृतियों में बस विभीषिका ही रह जाती है। सब अपने-अपने नुकसान का आकलन करने में जुटे थे।

यह एक ऐसी सुबह थी, जो सुबह की तरह नहीं थी। उसमें न ऊर्जा थी, न साहस था। समय केवल घड़ियों में बदल रहा था, जीवन ठहरा हुआ था। इस घर में कोई था जो अब नहीं है। उसकी स्मृतियों के टुकड़े आसमान में छोटे बादलों की मानिंद सबके जेहन में तैर रहे थे।

पापा नहीं, उसने पहला शब्द माँ बोला था। कोई डेढ़ साल की थी वह। शिवपाल के लिए वही उसकी दुनिया हो गई। मैं इतना उसके प्यार में पग गया था कि दूसरे बच्चे के बारे में कभी सोचा ही नहीं। शिवपाल के ऑफिस आने के समय दरवाजे पर खड़ी रहती थी। कोई दाँत टूटता था तो ऑफिस से आने के बाद दिखाती थी। कभी भी मुझसे कुछ छिपाया नहीं। पत्नी के गुजरने के बाद वही मेरी दुनिया थी। चाय कब पीनी है, दवा कब खानी है, सारा इंस्ट्रक्शन फोन पर होता था। कभी सोचा नहीं कि तुम्हारे जाने के बाद इस बूढ़े बाप का क्या होगा! तुम्हारा चेहरा देखकर ही मैं जी रहा था।

तुम पहली बार भैया की शादी में आई थी, कोने में सोफे पर बैठकर माँ को मेहँदी लगा रही थी। मैं कितनी बार कॉलेज बंक करके लखनऊ आता था तुमसे मिलने। दिन भर कितना बोलती थी तुम मुझसे, कितना अच्छा

लगता था तुम्हें सुनना। हर मसले में इतना तर्क-वितर्क, हाँ-ना, पूरा दिन, पूरा हफ्ता, महीना बीत जाता था। एक सूट तक लेने में चार बार वॉट्सएप कॉल। लेकिन इस बार इतना बड़ा फैसला बिना मुझसे पूछे ले लिया। इस तरह से भी कोई करता है! आरव की परवरिश मैं अकेले कैसे करूँगा? वो अपनी माँ को ढूँढ़ेगा तो मैं कहाँ से लाऊँगा? निधि सुन रही हो मैं कुछ नहीं कर पाऊँगा! कुछ और दिन तो साथ में जिया जा सकता था।

तभी एक शोर उठा–

"मेरी बेटी का हत्यारा उसकी चिता को आग नहीं देगा।"

"शिवपाल, वह हत्यारा नहीं है। तुम भावावेश में हो। तुम्हें अपना दुख दिखता है, हम लोगों का दुख नहीं दिखता? वह मेरी भी बेटी थी।" हरेंद्र ने अपने आँसू रोकते हुए कहा।

"भैया, क्या यह मेरे साथ ही होना था?" आशीष मुड़ा हुआ सिर, सफेद धोती कमर में बाँधे यक्ष प्रश्न की तरह विनीत के सामने खड़ा था।

"भैया, ईश्वर जानता है मैंने कुछ गलत नहीं किया। यह कलंक... कल को मेरा बेटा मुझसे पूछेगा कि क्या मैंने उसकी माँ को मजबूर किया था आत्महत्या करने के लिए तो मेरे पास क्या जवाब है? आप जवाब दो, मैं जीना नहीं चाहता।"

"आशीष, साहस से काम लो। कठिन समय है बीत जाएगा।"

"जजमान, चिता को अग्नि दीजिए।" पंडित जी बोले।

"विन्नी, इकट्ठे सारी लकड़ियाँ मत डालो, मेरी बेटी ज्यादा आग बर्दाश्त नहीं कर पाएगी। छोटी थी तो मोमबत्ती से जल गई थी। कितने दिनों तक मैंने बर्फ से सेंका था। प्लीज विन्नी!"

शरीर धीरे-धीरे जल रहा था। उसकी आँच सबको लग रही थी। सामने गंगा जी का विस्तार था। पिछले जाड़े में सब लोग इसी घाट पर छठ पूजा पर इकट्ठा हुए थे। निधि की जिद थी कि इस बार महाराजपुर घाट पर ही पूजन होगा।

आँच स्मृतियों को तपा रही थी। कभी-कभी अचानक आग तेज हो जा रही थी। ऐसा लगता कि मानो कुछ छूट गया हो या कुछ कहना चाहती हो जाने से पहले। अचानक लगता था वह उठ खड़ी होगी।

विन्नी को अचानक लगने लगा कि जलता हुआ शरीर चीख-चीखकर कहना चाह रहा है कि भैया तुम साइकोलॉजिस्ट हो, मेरी आत्मा का जी भर के पोस्टमार्टम करो। क्या कोई औजार है तुम्हारे पास?

चिता शाम तक जलती रही।

"शिवपाल, अस्थियाँ आज यहीं प्रवाहित किया जाए या बनारस ले चला जाए?"

"अस्थियाँ! वो मेरी बेटी है।"

"गंगा जी सामने बह रही हैं, प्रवाहित कर दिया जाए!"

"बेटी की अस्थियाँ प्रवाहित करने से बड़ा दुख क्या होगा? ये अस्थियाँ क्या कल गाजीपुर चली जाएँगी? बहुत खेलती थी जब छोटी थी। गंगा किनारे आती थी तो भागती-दौड़ती रहती थी। मैं बस उसे निहारता रहता था।"

13.1

बलिया

"अभी तक सोए हो?"

"प्रशांत भाई, अभी सात ही तो बजे हैं।" विन्नी ने उनींदी आँखों से ही कहा।

"यह लखनऊ नहीं है भाई, गाँव है।"

"रात में देर तक नींद नहीं आई थी। फिर आँगन में सोया।"

"तुम आए और बताए भी नहीं? आज चाचा को देखा तो पता चला।"

"पापा उदास हो चले थे। मेरा भी मन नहीं लग रहा था। था। यूनिवर्सिटी में वर्क फ्रॉम होम ही था। सोचा बहुत दिन हो गए गाँव गए हुए तो चला आया। आज तुम्हें फोन करता।" विन्नी को गिल्ट-सा हुआ।

"बहुत दिन नहीं पूरे आठ साल बाद गाँव आए हो। रात में मुझे भी नींद नहीं आई। बार-बार निधि का चेहरा याद आने लगा। एक-दो बार उसने मुझे भी राखी बाँधी थी।"

"चलो थोड़ा घूम आते हैं। बालक बाबा की तबीयत खराब है। तुम्हें याद करते हैं।"

"तबियत खराब है?"

"दूसरों से कह रहे हैं कि तबियत खराब है, लेकिन वह धीरे-धीरे देह त्याग करने का उपक्रम कर रहे हैं। अन्न-दाना न्यूनतम कर दिए हैं।" प्रशांत भाव-शून्य था। वह बाहर बरामदे में बैठी चिड़िया को देख रहा था।

'बालक बाबा नाम से ही मुंह में जलेबी घुल जाती है। जब हम छोटे थे तो स्कूल में छुट्टी में उनके पास जाते थे। जलेबी, लड्डू, क्या-क्या नहीं मिलता था उनके आश्रम में।'

"कहाँ खो गए?"

"बचपन याद आ गया। बाबा के आश्रम में हम लोग रोज उनकी जलेबी खाने जाते थे।"

"जलेबी या लड्डू... तुम्हें जलेबी ज्यादा अच्छी लगती थी।"

"और तुम पूरे पॉकेट में लड्डू बटोर लेते थे।"

"पैदल ही चलते हैं, सुबह की वॉक भी हो जाएगी।"

गंगा किनारे बंधे के पास फैला गाँव जाड़े में कोहरे की चादर से लिपटा था। हल्की धूप एकदम सोना थी। उसका सुनहरा-पीलापन घरों की दीवारों को एक प्यारा रंग दे रहा था।

"गाँव बहुत खाली लग रहा है।"

हाँ यही मकान देखो, शिवेंद्र चाचा का है। घर में कोई नहीं है, सब बाहर हैं। चाचा भी आँगन में लेटे होंगे अकेले। तुम आठ साल बाद आए हो न। तुम्हें ज्यादा खाली और नीरस लगेगा। सुविधाएँ बढ़ी हैं, लेकिन रौनक नहीं बढ़ी है। पिछले 10 सालों में तो खाली ही हो गया है। सबको भागने की जल्दी है।"

"निधि बहुत अच्छी लड़की थी। वह और आशीष दोनों एक-दूसरे को प्यार भी करते थे।"

"कभी-कभी दो अच्छे लोग भी जुड़ नहीं पाते हैं। प्रशांत, क्या हम निधि को बचा सकते थे?"

दोनों देर तक चुप रहे।

"विन्नी, देखो कुछ बच्चे शायद स्कूल जा रहे हैं।

"घर वालों से बिना बताए छुप-छुप के मूवी देखना और कोचिंग में एक घंटा पहले जाकर मास्टर साहब की बेटी पर लाइन मारना।" बिन्नी

अचानक 20 साल पहले की दुनिया में खो गया।

"कितनी खूबसूरत थी वो जिंदगी, बाकी तो उसी के सहारे काटी जा रही है।" प्रशांत के चेहरे पर मुस्कुराहट थी।

"प्रशांत, क्या वो जिंदगी हमीं लोगों ने जी थी?"

"मतलब?"

"यूँ ही।"

"विन्नी, तुम्हें क्या वो खूबसूरत नहीं लगता?"

"मुझे विश्वास नहीं होता।"

"तुम निष्ठुर होते जा रहे हो। तुम एक बार लखनऊ गए थे एनडीए के इंटरव्यू में, मैं और मनीष चुपके से राकेश सर के घर गए थे, उन्होंने चार घंटे अपनी नाली साफ करवाई और बाद में पता चला कि उनकी बेटी बनारस गई है। हम लोग इतना झेले, पूछो मत।"

"तुमने कभी बताया नहीं!"

"हिम्मत नहीं हुई। मुझे लगता था तुम उनकी लड़की को लेकर सीरियस हो।"

"अपना क्या है दिल है गोया दिल्ली हो, जो भी आता है उजाड़ के चला जाता है।"

"तुम तो साले सिर्फ उनकी बेटी पर लाइन मारने के लिए कोचिंग जाते थे।"

"प्रशांत, क्या चाचा भी होंगे?"

"हाँ वो तो कोरोना में आए और गाँव में ही हैं। उनके बिना कोरोना में गाँव का हाल बहुत बुरा होता। रात-दिन जुटे रहे।"

"चाचा से बात होती रहती है, वो तुम्हें भी श्रेय देते रहते हैं कोविड मैनेजमेंट का। प्रशांत, तुमसे कभी-कभी जलन होती है। तुममें कितना कुछ गाँव बचा हुआ है।"

"क्या करें, तेरे साथ तैयारी में लखनऊ गया लेकिन मजा नहीं आया

इसलिए तुम से बचाकर बीएड किया, टीचर बना। जितना जल्दी हुआ अपने खेत और गाँव आ गया। इसीलिए तेरी भाभी रोज लड़ती है। अंत में हारकर वाराणसी शिफ्ट हो गई है। वह चाहती है मैं भी वहीं ट्रांसफर करा लूँ लेकिन मैंने मना कर दिया है।"

"फिर?"

"फिर कुछ नहीं। एक शादीशुदा बैचलर लाइफ का मजा ले रहा हूँ।"

"तुम्हें खालीपन नहीं लगता?"

"कभी-कभी, वरना स्कूल के बच्चों के साथ टाइमपास हो जाता है। पढ़ाता हूँ, मजा आता है। फिर शाम को कस्बे में राजनीतिक-सामाजिक गप्प होती है। पार्टी मुझे विधायक बनवाना चाह रही है। मुझे कोई जल्दी नहीं है। वर्तमान विधायक बढ़िया है। मैं अपनी ब्लॉक प्रमुखी में ही खुश हूँ, बाकी आगे देखते हैं। और तुम्हें?"

"क्या?"

"खालीपन? तुम तो परिवार के साथ लखनऊ में रहते हो।"

विन्नी चुप था।

"आश्रम आ गया। देखो चंदन बाबा झाड़ू लगा रहे हैं। इतनी उम्र में इतना एक्टिव!"

13.2

ढलान से उतरते ही आश्रम की चारदीवारी शुरू हो गई। आदिपीठ आश्रम कब बना, कब से स्थापित है, इसका कोई दस्तावेज नहीं है। श्रुतियों और किंवदंतियों में आश्रम की परंपरा दुर्वासा, व्यास, बुद्ध, आदिनाथ तक है। सभी संप्रदायों के मंदिर आश्रम में स्थापित हैं। शैव, शाक्त, वैष्णव, जैन, बौद्ध सब। आश्रम में हर परंपरा के आचार्य रहे हैं।

आश्रम की गुरुकुल परंपरा मुनि पाराशर व दुर्वासा तक जाती है। आचार्य उदयशंकर पीठ के महत्त्वपूर्ण आचार्य थे। आश्रम को लेकर कई किवदंतियाँ हैं। आश्रम में एक बार दुर्वासा जी रुके थे। उन्हें सुबह-सुबह स्नान करना था। गंगा जी दूर थीं। आचार्य श्री उदयशंकर ने गंगा जी से प्रार्थना की तो गंगा जी ने अपनी एक धारा छोड़ी लेकिन धारा को आने में देर हो गई। ऋषि नाराज हो गए। उन्हें स्नान-ध्यान के लिए देर हो चुकी थी। ऋषि का गुस्सा सातवें आसमान पर था। गंगा जी ने प्रकट होकर क्षमा-प्रार्थना की तब ऋषि शांत हुए। लेकिन उन्होंने नदी की धारा को अनाम रहने दिया।

आश्रम के पीठाधीश बालक बाबा हैं। बचपन में ही दीक्षा लेने के कारण बालक बाबा कहलाते हैं। आश्रम के पीठाधीश बनने की बहुत कड़ी शर्तें हैं। पीठाधीश वही बनेगा, जो स्वेच्छा से बाहरी दुनिया का परित्याग करे। उसे आश्रम की चारदीवारी से बाहर नहीं जाना चाहिए। जिस दिन वह बाहर दिख गया वह पीठाधीश पद से पदच्युत हो गया। इस कठिन अनुशासन से जल्दी कोई पीठाधीश नहीं बनता है। कई वर्षों तक पीठाधीश

का पद खाली रहता है। लेकिन जो भी पीठाधीश बना है वह धीरे-धीरे अपने को बाहरी दुनिया से काटने लगता है। अपने को कुटिया तक सीमित कर लेता है।

बालक बाबा के पहले 20 सालों तक पीठाधीश का पद खाली था। बालक बाबा उर्फ रणबहादुर किशोरावस्था से ही आश्रम में रहने लगे थे। आगे चलकर प्रयागराज यूनिवर्सिटी से डीफिल करके वाराणसी में असिस्टेंट प्रोफेसर बने। फिर एक दिन सब कुछ छोड़कर आश्रम में विराजे। कुछ सालों बाद गाँव वालों ने सामूहिक निर्णय से उनकी इच्छा से उन्हें पीठाधीश बनाया।

चिड़ियों की चहचहाट से परिसर गुंजायमान था।

"आश्रम ने बहुत लोगों की कोविड में सेवा की। बीसियों वृद्ध जिनके बच्चे बाहर शहर में हैं, उनके लिए खाना और दवा की व्यवस्था की। कई वृद्ध तो आश्रम में रहने ही लगे।"

"अब मठ का उत्तराधिकारी कौन होगा?"

"इंद्रेश बाबा, मतलब तुम्हारे चाचा। लेकिन वह बनना नहीं चाह रहे हैं। वो तीर्थाटन और ज्ञानार्जन करना चाह रहे हैं। आश्रम में वो बँध जाएँगे।"

"जीवन में वो बँधना ही तो नहीं चाहते हैं। हमेशा उड़ते हैं मुक्त गगन के उन्मुक्त पक्षी की तरह।" बिन्नी एकदम से शांत स्वर में बोला। वह जब भी उनका जिक्र करता है तो लगता है कि एक आध्यात्मिक आभा उसे रौशनी दे रही है।

विन्नी के लिए आश्रम का मतलब इंद्रेश चाचा, उसके अपने सगे चाचा। वो बैंक मैनेजर थे। पहली पोस्टिंग मथुरा में हुई। फिर तो जीवन राधारानी को समर्पित हो गया। कोविड में आश्रम में ही रहकर गाँव की सेवा में जुट गए।

आश्रम में सुबह की चहल-पहल थी।

"चंदन बाबा, प्रणाम!"

"प्रशांत, खूब खुश रहो! सुबह-सुबह!"

"प्रणाम बाबा!"

"विनीत, पहचाना?"

"सालों बाद। तुम्हें कैसे नहीं पहचानूँगा! कहाँ हो, क्या कर रहे हो आजकल?"

"बाबा, लखनऊ में एक यूनिवर्सिटी में सोशल साइंस में प्रोफ़ेसर हूँ।"

"तुम्हारे लेख पढ़ता रहता हूँ। अच्छा लिखते हो।"

"तबीयत कैसी है आपकी! ठीक है?"

"राधारानी की कृपा है। 60 साल का हो गया हूँ। अब तो यार के बुलावे का इंतजार है।"

विनीत सोचने लगा– यार के बुलावे का इंतजार है! अजीब है, तीन दिन हुए हैं, जिन बुजुर्गों से मिला सब यही कह रहे हैं। हो क्या हो गया है सबको? इतनी जल्दी क्या है?

"इंद्रेश चाचा किधर हैं?"

"रसोइया बाबा बोलो। किचन में होंगे।"

"वो किचन में हैं। जब से कोरोना हुआ है गाँव वालों की सेवा में डूबे हैं। सौ लोगों का खाना रोज बन रहा है। एक-एक आदमी को क्या पसंद है, किसे शुगर है, किसे बीपी है, किसका हाजमा कैसा है, सब बाबा को नोट रहता है। किसके घर कितने बजे खाना पहुँचाना है, बाबा सारा दिन इसी में लगे रहते हैं। अब तो रसोइया बाबा कहलाने लगे हैं।" प्रशांत की आँखों में चमक थी।

किचन नीम के पेड़ों से घिरा था। अगल-बगल बगिया में मूली और मिर्च के छोटे-छोटे, प्यारे-प्यारे पौधे उगे थे।

"विन्नी, दायें से आओ। दाल गिर गई है। ध्यान से!"

"तुम रुको मैं आता हूँ।"

चाचा या चाचू या बाबा– 50 के करीब उम्र। धोती और कुर्ते में लिपटा शरीर।

विन्नी के जेहन में उनको देखते ही एक पुरानी तस्वीर आ जाती है। उसके एल्बम में रखी हुई है। जींस और टी-शर्ट पहने चाचा अपने कंधे पर विन्नी को बिठाए हुए हैं।

"खूब खुश रहो। भैया भी आए हैं?"

"हाँ सब लोग हैं।"

"आशीष?"

"वो जेल मैं है।"

"दोपहर का भोजन तैयार हो रहा है। तुम्हारे लिए कढ़ी बनवाता हूँ। तुम्हें पसंद है। जय, आज विन्नी और प्रशांत के लिए कढ़ी बनेगी। एक अरसा हो गया था तुम्हें देखे। आओ पहले राधारानी का आशीर्वाद लो।"

10 एकड़ में फैला आश्रम बरगद के पेड़ों और आम के बगीचे से घिरा हुआ। सामने बहती हुई अनाम नदी का विस्तार। आश्रम के बीचोबीच आम का बगीचा है। बगीचे के एक कोने पर राधारानी का मंदिर है। इंद्रेश बाबा की कुटिया थोड़ी दूर पर है। आश्रम के उत्तर कोने में प्राइमरी और उच्चतर माध्यमिक स्कूल है। विन्नी का स्कूल, प्रशांत का स्कूल।

क से कबूतर... ख से खरगोश...

"शांति है। कोविड से स्कूल बंद हैं, लेकिन अब पहले की तरह बच्चे नहीं हैं। तुम लोग पढ़ते थे तो आश्रम तक गूँजता था। अब तो कुल 50-60 बच्चे हैं। तुम लोग 12 का पहाड़ा पढ़ते थे तो आश्रम तक आवाज आती थी। अब तो एकदम शांत लगता है। कभी-कभी यह शांति डराने लगती है। हलवाई की दुकान पास के कस्बे में शिफ्ट हो गई है। अब कोई चाय पिलाने वाला भी नहीं मिलता।"

"चाचा", विन्नी ने कभी उन्हें बाबा नहीं कहा, "बालक बाबा इस तरह से मृत्यु को क्यों स्वीकार रहे हैं?"

"राधारानी की लीला है! बाबा से मैं ज्यादा कुछ पूछता नहीं हूँ। वो पिछले दो सालों से अपने को खाली कर रहे हैं। शायद अब खाली करने को कुछ बचा नहीं है तो मृत्यु स्वीकार कर रहे हों। अब तो कुटिया से भी कभी-कभी ही बाहर निकलते हैं।"

"बाबा, बालक बाबा के दर्शन कैसे होंगे, विन्नी को आशीर्वाद दिलवा दिया जाता।"

"बाबा अब बाहर निकलना कम कर दिए हैं। बस ध्यान और पठन-पाठन करते रहते हैं। शाम की आरती में शामिल होंगे, तब आशीर्वाद देंगे। विन्नी, तुम उसी वक्त आना।"

"एक चाचा और अवधेश बाबा ही हैं जो उनसे कभी भी मिल सकते हैं।" प्रशांत ने बहुत शांत होकर कहा।

एक बार प्रयास करता हूँ। इंद्रेश के कदम बालक बाबा की कुटिया की तरफ बढ़ चले। बुंदेलखंडी शैली में बनी छोटी-सी कुटिया बाहर से गोबर से पुती हुई। इंद्रेश देर तक दरवाजे के पास कान लगाए रहे। बिन्नी और प्रशांत व्यग्रता में थे। बालक बाबा का पिछले 30 साल का जीवन इस कुटिया और आश्रम तक सिमटा हुआ। वो सो रहे होंगे या बैठे होंगे।

'क्या सच में उनकी बाहर की दुनिया को जानने देखने की इच्छा खत्म हो गई है?' विनीत सोचता रहा।

देर हो रही थी। इंद्रेश देहरी को प्रणाम करके वापस मुड़े।

"विन्नी, शाम को ही बाबा से मिलो, अभी शायद सो रहे हैं।"

इंद्रेश थोड़ी देर ठिठके फिर सामान्य चाल में आए। कोई द्वंद्व था जो उन्हें उलझा रहा था।

"इधर तुम्हारा कोई लेख या किताब नहीं पढ़ पाया।" इंद्रेश थोड़ी देर बाद बोले।

"बस इधर कुछ सोच नहीं पाया।"

"कोई बात नहीं, सब राधारानी की इच्छा से होता है। प्रशांत, विन्नी,

चलो भोजन किया जाए।"

नवंबर की हल्की ठंडी हवा बह रही थी। विन्नी को ठंडक-सी लगने लगी।

"विन्नी, ये मेरी चादर लो, तुम्हें ठंड लग रही है। गाँव में ठंड ज्यादा लगने लगती है।"

जमीन पर दरी बिछी हुई थी।

"जय... विन्नी और प्रशांत दोनों के लिए कढ़ी लाना। दोनों छोटे थे तो बृहस्पतिवार को आश्रम की कढ़ी ही खाते थे।"

"विन्नी, भैया बता रहे थे कि बहू कह रही थी कि तुम भी चुप रहने लगे हो।"

"नहीं, ऐसी कोई बात नहीं है। वो किताब के बारे में सोचने लगता हूँ। उसे जल्दी पूरा करना चाहता हूँ।" विन्नी ऐसे प्रश्न को लेकर सहज नहीं हो पा रहा था। जो पहला वाक्य दिमाग में आता था वह वही बोल देता था।

"राधारानी पर छोड़ दो। उसके लिए बहुत चिंतित न हो। किताब, पहचान, कोई भी वस्तु, पदार्थ, विषय इस जीवन पर हावी नहीं होना चाहिए। जीवन को समग्रता से देखा करो। मैं तो कहूँगा कि किताब के विषय को चेंज करके भी देखो, हो सकता है तुम बहुत कंफर्टेबल न हो उस विषय से।"

"ठीक है, मैं करता हूँ।"

"जब तक गाँव हो, बाबा के पास शाम को बैठा करो। वेद और वेदांत का इतना गूढ़ उपासक फिर नहीं मिलेगा। जय, थोड़ा चावल विन्नी को दो, बहुत कम लिया है उसने।"

"भारतीय मनीषा को समझने का प्रयास करो। इतनी किताबें लिखी गईं, इतने सिद्धांत दिए गए, कभी भी अहं का प्रदर्शन नहीं किया। वेद व्यास कभी नहीं कहे कि मैंने महाभारत लिखा है। रामचरितमानस में तुलसीदास जी कभी प्रदर्शित नहीं कर किए कि मैं लिख रहा हूँ। वो तो एक कथा है

जिसे कागभुशुंडी ने गरुड़ को सुनाया। भरत मुनि अपने नाट्यशास्त्र की प्रस्तावना में लिखते हैं कि ये नाट्यशास्त्र तो मैंने नहीं लिखा है, मनुष्यों ने ब्रह्मा जी के समक्ष उपस्थित होकर अनुरोध किया कि साधारण गृहस्थों के मनोरंजन की व्यवस्था हो तो ब्रह्मा जी द्वारा विरचित नाट्यशास्त्र का मैं संकलन कर रहा हूँ। इसलिए तुम विषय में डूबो, किताब अपने आप तैयार हो जाएगी।" बाबा पद्मासन में बैठ गए। जब भी कभी कोई गंभीर बात कहनी हो वह पद्मासन में आ जाते।

श्रुतियों में एक कथा है कि हिमालय प्रांत में एक राजा अत्यंत ही संगीत प्रेमी था। उसे जानकारी मिली कि हिमालय की शिवालिक श्रेणी में एक मंदिर है जहाँ एक प्राचीन वीणा रखी है, जिसे स्वयं देवता बजाते हैं। राजा को वीणा का संगीत सुनने की प्रबल इच्छा हुई। तीन वर्ष के अथक परिश्रम के बाद राजा के सैनिकों को वह वीणा मिली। राजा की प्रसन्नता का ठिकाना न रहा। वीणा राज दरबार लाई गई। लेकिन यह क्या... जो राज संगीतज्ञ थे वो वीणा बजा ही नहीं पाए। फिर पूरे राज्य से संगीतज्ञ बुलाए गए लेकिन कोई नहीं बजा पाया। वीणा 5-7 सालों तक ऐसे ही पड़ी रही। राजा को बड़ी निराशा हुई।

एक दिन एक सामान्य व्यक्ति नगर से एक वीणा बजाते हुए गुजर रहा था। नगरवासियों को उसका संगीत अद्भुत लगा। उन्होंने वादक से अनुरोध किया कि वह राजदरबार में रखी वीणा बजाए। वादक नगरवासियों के अनुरोध को नहीं टाल सका। वह दरबार में आया और राजा से उस वीणा को दिखाने का कौतूहल प्रकट किया। दरबारियों ने अनमने ढंग से वादक को वीणा प्रस्तुत की। वादक ने उस वीणा को घंटों निरेखा, उसे छुआ, आह्लादित हुआ। इधर दरबार में उत्सुकता बढ़ रही थी। शाम हो गई थी। राजा और दरबारियों को विलास की याद आने लगी।

रात्रि के प्रथम प्रहर से वादक ने वीणा बजाना प्रारंभ किया। कब तीसरा प्रहर बीता और सूर्योदय हो गया पता ही नहीं चला। संपूर्ण नगर

एकत्रित हो चुका था। रानीवास से रानियाँ भी दरबार में आ गईं। उषाकाल में वादक ने वीणा वादन समाप्त किया। नगर सभा जय-जयकार करने लगी। राजन ने अपना मोतियों का हार वादक को पहनाया। लेकिन वादक ने विनम्रतापूर्वक मना किया। राजन ने वीणा बज जाने का रहस्य पूछा।

वादक ने कहा– हे राजन, मैं वादक नहीं हूँ, मैं तो सिर्फ साधक हूँ। मैंने पूरी रात सिर्फ वीणा की साधना की है। यदि इस क्रम में वीणा बज गई है तो यह मेरा सौभाग्य है।

राजा ने वादक से राजदरबार में रुकने का बहुत अनुनय-विनय किया, लेकिन वादक ने अस्वीकार किया और कोई पारितोषिक भी नहीं लिया और कहा कि मैं तो सिर्फ साधक हूँ।

"तुम भी सिर्फ विषय के साधक बनो, शेष राधारानी पर छोड़ दो। पेटेंट का कॉन्सेप्ट, पैसे के लिए लिखना, यह पश्चिम से आया है। यह भारतीय मनीषा में नहीं था। तुम बाबा के पास जरूर कुछ दिन बैठो। भारतीय मनीषा से जुड़ो।"

14.1

रामकृपाल बाबू का घर ढह गया। सुबह ही हरेंद्र बाबू देखने गए थे।

दिसंबर की बारिश में? जरा-सी बारिश क्या हुई, सीलन बहुत जमा हो गई थी और मकान कमजोर हो गया था। कोई नहीं रहे तो घर कमजोर हो ही जाता है।

कोई नहीं रहता है? जब अलगाव हुआ था तो एक-एक कमरे के लिए लड़े थे रामकृपाल बाबा के चारों बेटे। द्वार, दालान सब बाँटे गए थे। कई दिनों तक उनके घर चूल्हा नहीं जला था। मारपीट में दिनेश को चोट भी आई थी। रामकृपाल बाबा सदमे से मरे थे। वह झेल नहीं पाए थे बेटों का बँटवारा। कहते थे कि घर के चार चूल्हे से गर्मी ज्यादा लगती है। फिर तो घरों की दीवार ज्यादा ही चौड़ी होती गई। कुछ शहरों तक फैलती दीवारें अब दूर देशों तक चली गई है।

हरेंद्र बाबू कई बार विश्वेशर बाबू से पूछ चुके हैं, "क्या कोई नहीं रहता था?"

"देखो, बड़ा लड़का रेलवे में था। जुगेश भैया का परिवार कलकत्ता में सेटल है। दूसरे वाले दिनेश भैया वो और सुरेंद्र भैया खेती करते थे। उनका एक लड़का दिल्ली में, एक अरब में है। छोटे वाले जीतेश की लड़कियाँ थीं। वो गाँव ज्यादा आती नहीं थीं। दस साल से कोई आता नहीं था। खेत सब इन लोगों ने बेच डाले थे।

हरेंद्र, गाँव में कई घर ऐसे हैं जिनमें ताला लटका रहता है।"

सुनकर हरेंद्र बाबू बहुत चिंतित हो गए थे। उन्होंने सोचा कि उन्हें भी

घर मरम्मत करवाना चाहिए। हरेंद्रपाल घर का एक-एक कोना देख रहे थे। एक घंटे में ही पूरा घर घूम आए। कई बार मन में सोचा कि घर छोटा हो गया है क्या, और तीन बार कदमों से लंबाई-चौड़ाई माप गए। सीढ़ियाँ उतनी ही थीं लेकिन हरेंद्रपाल कितनी बार गिन चुके थे। खिड़की-दरवाजे बार-बार गिन रहे थे।

यह घर एकदम छोटा क्यों लगने लगा! रिटायरमेंट के बाद पहली बार घर को इतना नजदीक से छू रहे थे। दालान का प्लास्टर पूरी तरह झड़ गया था। दालान के बगल वाली कोठरी बाबा की थी। दिन-रात सुखसागर महाभारत में डूबे बाबा। दालान के दूसरी तरफ पापा का गेस्ट रूम था। सभी रिश्तेदार इसी कमरे में बैठते थे। पूरे गाँव की पंचायत यहीं होती थी। दोपहर तक चाय के कई दौर हो जाते थे। उसी घर में आज हरेंद्रपाल को सीढ़ियाँ कितनी छोटी लग रही थीं। सभी सीढ़ियों को अंगुली से माप चुके थे– दो-तीन बार गिन चुके थे। कितनी बड़ी-बड़ी सीढ़ियाँ थीं। दुआर कितना बड़ा था। माँ के रसोई से दालान तक द्वार कितना बड़ा लगता था।

हरेंद्रपाल भावुक हो गए, "छुपा-छुपाई में कितनी जगहें होती थीं। मैं देवेंद्र के पीछे छुपता था शायद, वह साहस था मेरा। कई बार मैं छुपा बाबा की चारपाई और उनकी काठ वाली अलमीरा के पीछे। लेकिन संगीता दी मुझे ढूँढ़ लेती थी। दी इस वक्त ऑस्ट्रेलिया में होगी, पता नहीं दिन होगा या रात।

हम लोग अलग नहीं हुए जैसे रामकृपाल बाबा के बेटे हुए थे। लेकिन दीवार बहुत चौड़ी हो गई। दीदी ऑस्ट्रेलिया में है, शिव प्रताप उड़ीसा में बीएचईएल में है। उसके लड़के बैंगलोर में। अब तो हम लोग सुख-दुख में भी नहीं जुटते। सबको मालूम है निधि वाले हादसे का, सबने केवल फोन से ही हाल-चाल लिया। विन्नी की माँ, हमारे जाने के बाद हमारा घर भी खंडहर हो जाएगा। हमे पेंट कराना चाहिए।"

"अब कौन रहेगा?"

“क्या मतलब ? सारे काम क्या किसी मतलब के लिए ही होने चाहिए ? विन्नी की माँ, तुम सुनती नहीं हो बाहर दालान में प्लास्टर उखड़े पड़े हैं। तब यह कच्चा था। हम भाई-बहन पूरी दोपहर कंचे खेलते थे। अपनी पहली बचत से उन्होंने दालान को पक्का बनाया था। विन्नी की माँ, विन्नी से कहो कि गाँव जरूर आया करे, हमारे गुजरने के बाद भी। घर की मरम्मत के लिए मैं पैसे छोड़ जाऊँगा। वो हमारे खेतों को बेचेगा नहीं। तुम्हें पता है, उन्हीं खेत की मेड़ों को बचाने में कितनी लाठियाँ खाई हैं बाबा ने ! चकबंदी में आम वाला बगीचा राजेश्वर बाबा को चला गया था। कितनी बार दौड़े थे बाबा और पापा तहसील तक, तब जाकर वह खेत मिला था। सारे खेत बेच भी दे तो भी बगीचे वाला न बेचे। पतले छिलके वाला देसी आम वाला बगीचा है वो।”

शाम तक घर को इंचटेप की तरह कदमों से नापते-नापते हरेंद्र थक गए।

14.2

वह घर के एक कोने में बैठ गए मचिया पर
वह सुनना चाहते थे पिता की उस भारी आवाज को
लिखो– क
पहले एक गोला बनाओ, फिर उसको डंडी लगाओ
फिर ऊपर डंडी और फिर दाहिनी पूँछ
जब देखो खेलता रहता है
स्कूल नहीं जाना है ?

उनकी भारी आवाज पूरे घर में गूँजती रहती
वे दुआर से ही चाय के लिए कहते और माँ सुन लेती थी
जब दरोगा बना तो कितने खुश थे वे
24 घंटा अखंड रामायण

पूरे गाँव में उसे लेकर घूमे सबका आशीर्वाद लिया
उस दिन उसने जाना कि पिता हँसते भी हैं
भौजाइयों से मजाक भी करते हैं

उस दिन से उसके पिता बदल गए
घर की जिम्मेदारियों को छोड़ते पिता
फिर बाबा के मरने के बाद चुप से रहने लगे

बाबा की ही कोठरी में भागवत पढ़ते पिता
शहर से घबराते दो दिन में ही भाग आते
अम्मा को साथ ले आते
15 साल हो गए उनकी आवाज को सुने हुए

पिता देखो न आपकी कोठरी में आपकी मचिया पर बैठा हूँ
आपकी आवाज सुनना चाहता हूँ
बुलंद और तेज इतनी कि माँ को किचन में सुनाई दे
और वो तुलसी अदरक वाली चाय लाए
जब देखो अदरक-तुलसी की चाय

चाय-चाय-चाय... जब देखो भुनभुनाती माँ।

14.3

वह आईने के सामने खड़े थे
पिता का कुर्ता पहने
कस्बे के बाजार से खरीदा हुआ खादी का कुर्ता
देर तक निहारते रहे
पिता जैसी निकली ठुड्ढी
धोती वह पहन नहीं पाए पिता की तरह
किसी तरह लपेटे
और निकल पड़े गाँव में
कोई तो उन्हें जगदीप बुलाए
पिता का नाम जगदीप
वहाँ कोई नहीं था
न धर्मनाथ काका, न नर्वदेश्वर बाबा
उन्हें किसी ने नहीं पुकारा।

14.4

हरेंद्र बाबू
तेज कदमों से भागते निकल पड़े
गाँव के बाहर
वह साँस लेना चाहते थे
एक खुली और पूरी साँस
वहाँ नदी थी
अनाम मंथर बहती नदी
कितनी ही चिता भस्मों को समेटे
यहीं राख बने थे
बाबा, विश्वेशर चाचा, माई
माई दो दिन पहले ही तो जिउतिया रखी थी
उनकी लंबी उम्र के लिए
चलती-फिरती काया राख बन गई थी
वो केदारनाथ सिंह की तरह पूछने लगे नदी से
लोग जिसे फूँक आते हैं
उसका क्या करती है नदी?
हरेंद्र सोचने लगे मृत्यु को
बीपी, शुगर सब तो ठीक है
मृत्यु कैसे आएगी?
आशीष छूट पाएगा?

विन्नी के हाथ नहीं काँपेंगे
उन्हें अग्नि देने में
वह देर तक निहारे नदी को
नदी शांत छुल-छुल...

15.1

रानीगंज बाजार, बलिया

"किससे मिलना है?"

"बैंक मैनेजर मिस स्वाति से।"

"पर्ची पर अपना नाम लिखें।"

लिखा- विनीत कुमार... 'पर वो तो हमेशा विन्नी ही कहती है।'

"विनीत साहब, आपको मैडम ने बुलाया है।"

"विनीत? क्या सच में उसने विनीत कहा होगा?"

"नाइस टू-सी यू विन्नी... विनीत प्लीज हैव सीट। मुद्दत हुई है यार को मेहमान किए हुए, जनाब दो हफ्ते से गाँव आए हैं, फुर्सत आज मिली है? क्या लोगे चाय कॉफी?"

"चाय।"

"संकोच न करो, कॉफी यहाँ मिल जाएगी।"

"क्यों नहीं, अपना कस्बा पिछड़ा नहीं है वैसे।"

"मेरा ऑफिस पियून बढ़िया कॉफी बनाता है, तुम्हें कॉफी ज्यादा पसंद है न, इसलिए। राजेश दो बढ़िया हार्ड कॉफी। चीनी कितनी लोगे? अभी भी खड़े चम्मच की काफी लोगे या कुछ कम?"

स्वाति का हँसता हुआ चेहरा था। लेकिन विनीत को वह भारी और गंभीर लगा। शायद अनौपचारिक माहौल की वजह से लगा रहा है। क्या यह वही चेहरा था जो उसका पहला प्यार था? चेहरा बदल चुका था या

वह स्वयं ?

"थैंक्स तुम्हें याद है !"

"कब आए ? अच्छा आशीष की पत्नी वाले इंसीडेंस में! बड़ा दुखद रहा! तुमने दोनों को समझाने की कोशिश नहीं की थी ?"

"सब कुछ अपने नियंत्रण में नहीं होता।"

"अब तो गाँव में भी आए दिन तलाक हो रहे हैं, पति-पत्नी के मर्डर, आत्महत्याएँ हो रही हैं। अजीब माहौल हो गया है।"

"तुम्हारा यहाँ मन लग गया है ?"

"क्यों ?"

"तुम जब इंटर में साथ थी तो अमेरिका के कितने सपने देखती थी। तुम्हारी वजह से ही हम सब लखनऊ की जिद पकड़े थे, बेहतर करियर के लिए।"

"अमेरिका जाना तो है, लेकिन मॉम की तबियत बहुत खराब रहने लगी है।" स्वाति ने बहुत धीरे से कहा।

"मैम कॉफी।" पियून राजेश कॉफी ले आया।

"विन्नी प्लीज! सच बताना, कैसे आए ? कोई काम से आए थे या मुझसे मिलने ? झूठ भी चल सकता है !"

"ज्यादा फ्लर्ट न करो! जब प्रपोज किया था तब तो आई वांट सम टाइम, मैं करियर सेटल करना चाहती हूँ। यही बोला था न ? कितना निष्ठुर होके तुमने मना किया था !" इतने सालों का गुबार उसने दो लाइन में बहुत हल्के में बोल डाला। विनीत को अजीब लगा। कभी सोचा नहीं था कि वह स्वाति से जिक्र करेगा।

"सॉरी यार !"

"कुछ खास नहीं, कैश खत्म हो गया था, बाबा के आश्रम के लिए चंदा देना है। कोविड में आश्रम ने गाँव में संजीवनी बूटी का काम किया है। मैंने कल इंद्रेश चाचा से चर्चा की तो उन्होंने कैश के लिए ही बोला।

चाचा बहुत टेक्नोलॉजी फ्रेंडली नहीं हैं।"

"मथुरा में बैंक मैनेजर रहे हैं वो, आज नौकरी में होते तो स्टेट हेड होते। चेक या पर्ची से पैसे विड्रॉ करना है?"

"किसी से भी।"

"राजेश, एक पर्ची लेते आना।" स्वाति ने पियून से कहा। "अंकल-आंटी ठीक हैं? अक्सर अंकल आते हैं, तुम्हारे बारे में पूछते हैं। पैसों की जरूरत तो नहीं है? वह तुम्हें अभी भी बच्चा ही समझते हैं।"

"काश की बच्चा ही रह पाते!"

"अभी गाँव रुकना है?"

"10-12 दिन रुका हूँ कोविड मैं यूनिवर्सिटी बंद है वर्क फ्रॉम होम है।"

"संडे को खाली हो तो आना घर पर, माँ को खुशी होगी। मैं फोर्स नहीं कर रही हूँ।"

"माँ को या तुम्हें?" विन्नी को यह पूछना बचकाना लगा।

"मुझे, अब खुश!"

"आपका हुक्म सर आँखों पर। कोविड में बैंक में काफी भीड़ है।"

"देहात है, डिजिटलाइजेशन कम है। इधर एक महीने में दिल्ली मुंबई से लोग भी बहुत आए हैं। ऐसे में हमारी जिम्मेदारी बढ़ गई है। क्या करें, दो स्टॉफ पॉजिटिव हैं लेकिन कार्य रोकना संभव नहीं है।"

"प्रशांत तुम्हारी बहुत तारीफ करता है कि एसएचजी के माध्यम से तुमने जेनुइन लोगों को लोन दिया और उनका इंप्रूवमेंट किया। अच्छा लगता है, कोई तो फील्ड में रहकर बेहतर काम कर रहा है।"

"अपने यहाँ मेहनती लोग हैं। 10-12 हजार के लिए मुंबई-दिल्ली भागते हैं। मैंने सब्जी वालों तक को लोन दिया है। तुम विश्वास नहीं करोगे, कितने छोटे किसान लोन का लाभ उठाकर बढ़िया खेती कर रहे हैं और उनकी बचत दिल्ली-मुंबई वालों से ज्यादा है। मेरा कोई डिफॉल्टर

भी नहीं। यहाँ से पटना और वाराणसी तक सब्जियाँ जाती हैं।"

फिर कैश देते हुए स्वाति ने कहा, "यह रहा आपका कैश, विन्नी बाबू। तुम्हें इंग्लिश वाले सर विन्नी बाबू कहते थे।

"इंग्लिश वाले सर! उनको True Beauty पढ़ाने में पसीना छूट जाता था।

He that loves a rosy cheek

Or a coral lip admires

Rosy cheek coral lip कहते वक्त सर की आँखें जमीन में गड़ी रहती थीं और गाल लाल हुए रहते थे।" हम लड़कियों से तो नजर नहीं मिलाते थे।

"और लड़के true beauty पढ़ने की रोज ही ज़िद करते थे।"

"तुम्हें बहुत प्यार करते थे, पिछले साल ही एक्सीडेंट में एक्सपायर हो गए।"

"हाँ उनका लड़का मुकुल बताया था, वह लखनऊ में ही है।"

16.1

"बाबा आए हैं, तुम्हें ढूँढ़ रहे हैं।"

"बाबा ?"

"इंद्रेश चाचा।"

"ओह अच्छा। कहाँ बैठे हैं ?"

"वहीं दालान में।"

बाबा जब भी घर आते थे दालान में ही बैठते थे। वह घर के अंदर नहीं आना चाहते थे। शायद डरते थे कि पता नहीं घर का मोह कब जकड़ ले।

"प्रणाम बाबा!"

"आयुष्मान भव! सोए थे ?"

"नहीं, ऐसे ही बालकनी में बैठा था।"

"बहू को भी लाना चाहिए था।"

"बाबा, उसका मन नहीं लगता है, फिर ऐसे माहौल मैं लाना नहीं चाहता था।"

"परसों तुम सुबह आए तो अच्छे से बात नहीं हो पाई। आज फुरसत में आया।"

"इंद्रेश, सारी जिम्मेदारी विनीत के पास है। मेरी तो हिम्मत जवाब दे गई है।" हरेंद्र ने कहा।

"हरेंद्र भैया, दिल छोटा न करो।"

"कोशिश कर रहा हूँ इंद्रेश, लेकिन उपाय क्या है। बेटा जेल में है, बहू ने आत्महत्या कर ली है। कुछ समझ में नहीं आ रहा है।"

"विनीत सब सँभाल लेगा, बहुत जिम्मेदार लड़का है। मैं आपके लिए श्रीमद्‌भागवत और गीता लाया हूँ। इसको पढ़ा करना। सब कुछ राधारानी को समर्पित कर दें, वो सब सँभाल लेंगी। अब मैं चलता हूँ भैया।"

"विन्नी, बाबा को छोड़ो आओ।"

"विन्नी, गाड़ी से नहीं पैदल ही चलो। कुछ घरों से हालचाल लेता चलूँगा।"

"जी बाबा।"

बाबा ने उड़ती निगाह से घर को देखा। उनका और हरेंद्र भैया का स्टडी रूम पहली मंजिल पर ठीक दालान के ऊपर था। भैया के दरोगा ट्रेनिंग में मुरादाबाद जाने के बाद वह कमरा काटने को दौड़ता था। क्या सब कुछ वैसा ही होगा ? शायद !

वो चल दिए। विन्नी असहज था। जबसे बाबा ने उसके चुप रहने की बात कही है, वह बाबा को फेस करने से बचने लगा था।

गाँव में शाम होते ही सन्नाटा पसरा जाता है।

"आज आसमान कितना साफ है। तुम तारों को देखो, कितने प्यारे लग रहे हैं। तुमने मुझसे तारे बहुत गिनवाए हैं।"

"मैं छोटा था तो डर जाता था तारों को देखकर। जब नींद खुलती थी तो आपसे गिनवाने लगता था।"

"मैं गिनता जाता था और तुम सो जाते थे। मैं जानता था तुम डर रहे हो, संकोच से नहीं बता रहे हो। मैं भी छोटा था तो भैया से गिनवाता था। विन्नी तुम भागो मत, मैं तुमसे तुम्हारी किताब के बारे में नहीं पूछूँगा। और हाँ जिम्मेदारियों के बोझ से अपना स्वाभाविक जीवन जीना मत छोड़ना। हम सब यही गलती करते हैं। हम फिर भागने लगते हैं।"

"अजीब लगता है, आप बड़े होने लगते हैं तो सारी जिम्मेदारियों को ढोना पड़ता है। आपको ही निर्णय लेना होता है। मन करता है फिर से छोटा हो जाया जाए। आप जीवन के स्याह पक्ष को देखने लगते हो। मन पहले

बुढ़ापा की तरफ जाता है, शरीर उसका अनुकरण करने लगता है। बालक बाबा जब तक हैं मैं खूब घूम-फिर रहा हूँ। अब जब बाबा का देहावसान निकट है, ऐसा लग रहा है कोई मेरी छत मुझसे छीन रहा है।"

"सब लोग आपको ही पीठाधीश बनाना चाह रहे हैं।"

"एक चारदीवारी में बँधकर रहना नहीं है। अभी बाहर की यात्रा में हूँ, जिस दिन से अंदर की यात्रा प्रारंभ करने का मन करेगा उस दिन आश्रम में आ जाऊँगा।" इंद्रेश कुछ देर ठिठके। कोई द्वंद्व था या उलझन, कुछ था जो उन्हें बार-बार रोक देता था।

"अवधेश भैया जग रहे हैं लगता है।"

"राधे-राधे बाबा!"

"राधे-राधे दिनेश, भैया जाग रहे हैं?"

"जी बाबा।"

बाहर घुप्प अँधेरा था। अंदर कोठरी में अवधेश बाबू लेटे थे।

"अवधेश भैया?" विनीत ने उत्सुकता से पूछा।

"गाँव के रिश्ते में तुम्हारे बड़े पिताजी। हरेंद्र भैया के साथ ही पुलिस में भर्ती हुए फिर शांति मिशन में कांगो और कई जगह रहे। इसलिए तुम कभी मिल नहीं पाए उनसे। भाभी को गुजरे हुए चार साल हो गए, अब अकेले ही रहते हैं। बच्चे ऑस्ट्रेलिया में हैं।"

वो उठ गए थे।

"प्रणाम भैया!"

"बाबा प्रणाम!"

"आप हमको इंद्रेश कहते हैं तो लगाव लगता है। एक आप ही तो मेरी छत हैं। बाबा के शरीर छोड़ने के निर्णय के बाद आप ही से तो सहारा है। तबीयत कैसी है भैया?"

"अच्छा लग रहा है। आज कुटिया पर जाने वाला था, दिनेश से दो बार चाय मँगाकर पी है। अब ठीक हैं। कोविड ने तो मार ही डाला था।"

अवधेश बाबू उठकर बैठ गए।

"इंद्रेश, क्या बाबा का निर्णय बदल नहीं सकते?"

"मैं थक गया हूँ इस प्रश्न का जवाब देते-देते। आपको क्या लगता है?"

"वे नहीं बदल सकते।"

"इन्हें पहचान रहे हैं?"

"अब कम दिखाई देता है।"

"हरेंद्र भैया!"

"दिनेश, जरा चश्मा लाना। हरेंद्र! कितने सालों बाद चेहरा देखा। एकदम जगदीप चाचा पर गया है। दिनेश, अलमीरा से एल्बम लाना तो इसकी चड्ढी वाली फोटो देखूँ। अब तो यह लेखक हो गया है, बाप तो इसका गधा है।"

"इंद्रेश, देखो एकदम जगदीप चाचा की तरह है। हम, चाचा और हरेंद्र एक साथ हैं। घुड़सवारी के लिए ट्रेनिंग की फोटो है, तब चाचा मुरादाबाद में हम लोगों से मिलने आए थे।"

"भैया, आप और हरेंद्र भैया वर्दी में कितना जँच रहे हैं।"

"तब हम लोग जवान थे!" अवधेश एक लंबी साँस के साथ बोले। फिर देर तक एल्बम दिखाते रहे।

"आप अभी भी जवान हैं और 100 साल तक जीना है आपको।"

"इंद्रेश, इस अकेलेपन में शतायु होने की दुआ न करो। रात तो इस इंतजार में कटती है कि सुबह देख पाऊँगा कि नहीं और फिर पूरा दिन अकेलेपन से लड़ना पड़ता है। साथ में कोई रोटी खाने वाला नहीं है। न खाने में स्वाद है न जीवन में।" अवधेश रुक गए या अटक गए एल्बम की तस्वीरों को निहारते हुए।

"भैया, राधारानी की शरण में बने रहें, वह आपको अकेले नहीं छोड़ेंगी। भैया अब आज्ञा दें।"

"इंद्रेश, तुम क्यों नहीं पीठाधीश बन जाते?"

"मैं कैसे बन सकता हूँ! मैं राधारानी का उपासक हूँ, पीठ वेदांत की है, फिर मैं घुमक्कड़ आदमी हूँ। मैं कैसे स्थिर रह पाऊँगा?"

"आश्रम में सभी संप्रदायों के पीठाधीश रहे हैं। तुम भाग रहे हो। मठ में कोई पीठाधीश न हो तो सूना लगता है। वह हमारी आस्था का केंद्र है। पीठाधीश न रहने पर अव्यवस्था हो जाती है। सैकड़ों बीघे खेत हैं, उनकी देखभाल कौन करेगा? मुझे लगता है तुम्हें बनना चाहिए। बाबा भी यही चाहते हैं। कोविड में ही तुम और बाबा न होते तो क्या हाल होता गाँव का!"

"मैं संकट के समय हमेशा उपलब्ध रहूँगा लेकिन मुझे लगता है कि मैं उपयुक्त नहीं हूँ।"

"तुम नहीं हो तो कौन है!"

"मुझे आप लोग बाँधिए मत कृपया, मैं तो सिर्फ राधारानी में बँधना चाहता हूँ।"

16.2

इंद्रेश पूरे रास्ते शांत बने रहे। वातावरण की नीरवता को झींगुर भंग कर रहे थे।

"विन्नी, अब तुम वापस जाओ।"

"जी चाचा।" कहकर 'चाचा या बाबा', विन्नी मन में सोचने लगा।

"विन्नी, पता नहीं अगली बार मुझसे मुलाकात हो या न हो। मैं इतना कहूँगा कि हिम्मत से साहस से परिस्थितियों का मुकाबला करो। तुम्हीं हम सबकी उम्मीद हो। पूरे परिवार की जिम्मेदारी तुम पर है। कई बार मुझे गिल्टी फील हुआ है कि मैं तुम लोगों के प्रति अपना कर्तव्य नहीं निभा पाया। राधारानी साक्षी हैं, कभी भी मैंने अपनी भक्ति में कोई कमी नहीं की। कभी परिवार या कोई अन्य मोह अपने ऊपर हावी नहीं होने दिया। लेकिन परिवार में क्या हो रहा है, इस पर मैंने हमेशा दूर से नजर बनाए रखी है। निधि वाली घटना ने मुझे विचलित किया है। आजकल भक्ति में रम नहीं पा रहा हूँ। इस घटना में मेरे अंदर ममत्व भरा घबराहट पैदा कर दिया है। शायद हो सकता हो मैं अपनी भक्ति में कमजोर पड़ जाऊँ। जिस परिवार को मैं 25 साल पहले छोड़ चुका हूँ, उसे बिखरते देखना मुझे बैचेन कर रहा है। तुम यदि हिम्मत से परिस्थितियों में खड़े रहोगे तो मेरा भी चित्त शांत रहेगा।"

"मुझे अच्छा लगा आपने मेरा परिचय पापा के नाम से दिया। बाबा हमेशा मुझे पापा के नाम से ही पुकारते थे।" विन्नी की आँखों में चमक थी।

"तुम मुस्कुरा रहे थे। मैंने देखा था कितना सुखद लगता है। बालक बाबा अभी भी मुझे पिताजी के नाम से जगदीप ही कहते हैं। बाबा और पिताजी बहुत पक्के दोस्त रहे हैं। बाबा के जाने के बाद मुझे कौन जगदीप कहेगा?"

इंद्रेश की आँखों में अचानक आँसू आए गए जो रुकने का नाम नहीं ले रहे थे।

"विन्नी, जीतेश से अवधेश भैया का एल्बम ले लेना। कुछ पापा की और भैया की तस्वीरे हैं उन्हें कॉपी करा देना।"

इंद्रेश चाचा की कुटिया से वापस आते हुए विन्नी पूरे रास्ते अपने बाबा के बारे में सोचता रहा। विन्नी को लगा वह एकदम से छोटा हो गया है। बाबा की उँगली पकड़े स्कूल जा रहा है।

"बाबा, मुझे मास्टर जी बहुत डाँटते हैं। मुझे स्कूल नहीं जाना।"

17.1

रानीगंज बाजार, बलिया

"इयोनिच... इयोनिच..."

"मतलब ?"

"कुछ नहीं, उठो शाम हो गई है। कॉफी पियो, मेरी बनाई हुई है। इसे ही पीकर तुमने कस्बा टॉप किया था।" बिन्नी की आँख लग गई थी। वह काफी का मग पकड़े स्वाति के घर के पोर्च तक आ गया। घर कस्बे के बीचोबीच था।

शाम हो आई थी। यह एक कस्बे की शाम थी। समान खरीद के लोग दूर देहात में जा रहे थे। कस्बे की शामें न शहरों की तरह भागमभाग वाली, न गाँवों की तरह आत्मीय होती हैं। एक तरह का ठंडापन पसर जाता है। न छतों पर पतंगे होती हैं, न दुकानों पर भीड़।

"आओ तुम्हें अपनी बगिया दिखाती हूँ। हमारे लगाए पेड़ बड़े हो गए हैं। इस छोटी बगिया की कितनी रखवाली हम लोगों ने की थी। इस जमीन के लिए चाचा लोगों ने बहुत विवाद किया, फिर मैंने बैंक से लोन लेकर इसे दोगुने मूल्य पर खरीदा। माँ को देखो, धूप चली गई है, शाम होने को आ गई है लेकिन अभी बगिया में ही सोई है। जाड़े की धूप का एक-एक कतरा निचोड़ लेती है।"

"माँ उठो, शाम हो आई। अंदर चलो, देखो कौन आया है।"

"आँख लग गई थी। विन्नी, खुश रहो। बैठो। बेटा, बहू ने यह कदम

क्यों उठाया, मैं तो घबरा गई थी। आशीष अभी जेल में ही है ?"

"हाँ आंटी, समझ में नहीं आया दोनों के बीच क्या हुआ, हम लोगों के लिए पहेली है! यदि दोनों को अलग भी रहना था तो भी कोई एतराज नहीं था। दोनों नयी जिंदगी शुरू कर सकते थे। लेकिन पता नहीं क्या हुआ!"

"आजकल तो बेटा यह गाँव-कस्बों में भी अलग होने की बीमारी बढ़ गई है। अब सबको बहुत जल्दी है। नये लोगों को समझाना बहुत कठिन है। धैर्य के साथ रिश्ता नहीं निभा सकते, अपने मन की मर्जी करना है। स्वाति को ही देखो, अभी तक शादी नहीं की। किसी को क्या जवाब दूँ? दस लोग रोज पूछते रहते हैं। अब जवाब देने के डर से मुहल्ले में जाना छोड़ दिया है। मैं शादियों में सबसे अच्छा गीत गाती थी। मोहल्ले में सब मुझे बुलाते थे। सपना था कि अपनी बेटी की शादी में भी गीत गाऊँगी लेकिन..."

वो चुप हो गईं फिर बोलीं, "आज इसके पापा होते तो क्या जाने ये कुछ सुनती भी, मेरी तो सुनती भी नहीं। पिछले 20 साल से इसकी शादी के सपने देख रही हूँ।" वो निराश थी। एक ऐसी निराशा थी जिसमें आशा की क्षीण उम्मीद थी।

"माँ प्लीज!"

"मेरी बात सुनती कहाँ हो! विन्नी आ गया तो मैंने कहा, नहीं तो मुझे क्या मतलब है! विन्नी, एक दिन मुझे ले चलो बालक बाबा के यहाँ। सुना है अन्न त्याग दिए, केवल जल ले रहे हैं?"

"मैं कल आऊँगा आंटी। वो सिर्फ शाम में एक घंटा, वो भी बहुत कम लोगों से मिलते हैं।

माँ का स्वास्थ्य अच्छा नहीं रह रहा है। डायबिटिक पहले से थी अब गैसीटाइटिस ने बहुत परेशान कर रखा है।"

"बेटा, मेरी तबीयत के पीछे इसने अपना जीवन तबाह कर डाला। इसकी शादी के सपने देखते-देखते कब 70 साल होने को आए पता ही

नहीं चला।"

"माँ तुम आराम करो, प्लीज!"

"ठीक है बाबा, मैं जाती हूँ।"

"माँ, पोहा तो खाती जाओ।"

"भाड़ में जाओ।"

"मम्मी को मेरी शादी की ही चिंता लगी रहती है।"

"क्या गलत सोचती हैं?"

"कई लोग शादी के लिए नहीं बने होते हैं। विन्नी, हम लोगों का फेवरेट गुलमोहर, नीम के पेड़ अभी खड़े हैं। शहर में तो इतने बड़े बगिया में अपार्टमेंट हो जाता है। पूर्णिमा का चाँद नीम में फँस जाता है।"

"कभी-कभी बहुत गहरे में धँस भी जाता है। जब तुमने इनकार किया था, मैं इस बगिया में घंटों तक बैठा रहा। गाँव नहीं गया। एक साहस अपने में बटोरा। फिर स्टेशन गया। वहाँ से फिर लखनऊ। उसके बाद अब गाँव आया हूँ।"

"नियति क्रूर होती है लेकिन हम जहाँ ज्यादा उम्मीद लगाए रहते हैं वहाँ एकदम निष्ठुर हो जाती है।"

"मुझे जानती हो क्या सबसे अच्छा लगता था?"

"मेरे घर के सामने। मुझे मालूम है।"

"यहाँ एक चाय की दुकान थी, रोज सुबह गाँव से आता था। यही कोई 7 बजे का समय होता था। तुम्हारे उठने से पहले दो कप चाय पी चुका होता था। साइड में साइकिल खड़ी रहती थी। तुम बालकनी में जब आती थी तब तक तीसरी चाय हाथ में होती थी। तुमसे मिलने के बाद फिर कोचिंग, स्कूल। जिस दिन तुम नहीं आती थी, दिन भर थका-सा मन रहता था।"

"इयोनिच..."

"स्वाति तुमने फिर इयोनिच कहा?"

"इतिहास अपने को दोहराता है, यह तो सुना था लेकिन कहानियाँ भी अपने को दुहराती हैं।"

"मतलब?"

"यूँ ही एक पात्र है, उसी की याद आ गई। अन्तोन् चेखोव की एक कहानी है ionich... डॉक्टर दिमित्री आयनिच कहानी का मुख्य पात्र है। वह रूस के एक कस्बे में नियुक्त होकर आता है। एक छोटा-सा कस्बाई जीवन है जिसमें एक तुर्किन परिवार है, जिनकी बेटी येतकिना है।

इयोनिच येतकिना के प्यार में पागल है। येतकिना संगीत के पीछे पागल है। इयोनिच हर फ्राइडे को येतकिना के घर जाता है, उसका संगीत सुनता है। येतकिना से प्रणय निवेदन करने का समय माँगता है। येतकिना उससे निष्ठुर बनी रहती है। वह पागलों की तरह येतकिना से समय माँगता है। येतकिना उससे शरारत करते हुए रात में 11 बजे कब्रिस्तान में बुलाती है। बेचारा इयोनिच वहाँ भी चला जाता है। पूरी रात कब्रों के बीच वह येतकिना का इंतजार करता है।

सोचो वो रात कैसी होगी, पूरी रात इयोनिच भयंकर ठंडी में इंतजार करता है पर येतकिना नहीं आती है। लेकिन इयोनिच बदल जाता है। फिर वह वापस येतकिना से प्यार नहीं कर पाता है। और येतकिना कस्बे की सबसे सुंदर और गर्वीली युवती पात्र इयोनिच के प्रति आकर्षित होने लगती है। लेकिन वह बदल चुका होता है। दोनों के जीवन में एक ठंडापन पसर जाता है। येतकिना और इयोनिच दोनों आजीवन कुँवारे रह जाते हैं।

तुम्हारे लखनऊ जाने के बाद गर्मी की छुट्टियों में मैं पटना गई थी। जब वापस आई तब आदत-सी हो गई थी। जब बालकनी में जाती तो देर तक खड़ी रहती थी। तुम नहीं होते थे तो मन उदास-सा हो जाता था। कितने दिनों तक यही लगा अब बालकनी में जाऊँगी और तुम सामने खड़े होगे। एक-दो साल बाद पता चला कि तुम रितु के साथ रिलेशन में हो। मन कसैला हो गया।" स्वाति के चेहरे पर एक उदास हँसी आ गई थी।

"विन्नी, क्या एक बार मेरे लिए सिर्फ एक बार साइकिल के साथ मेरी बालकनी के बाहर चाय पीते दिखाओगे? मैं तुम्हारी फोटो लूँगी। प्लीज!"

"पक्का, पर अब तो चाय की दुकान भी नहीं है।"

"तुम घर से चाय का कप हाथ में लेकर आओ।"

"क्या बचपना है!"

"विन्नी आज रुक नहीं सकते?"

"कोई फायदा?"

स्वाति चुप थी।

"नेक्स्ट टाइम। माँ-पापा को छोड़ना अजीब लगता है इन दिनों। मैं चलता हूँ।"

"जाओ– मैंने उत्तर दिया
यह जानते हुए कि जाना
हिंदी की सबसे खौफनाक क्रिया है..."

"तुम कवि होती जा रही हो।"

"तुम्हारी सोहबत में कुछ लिखा है। हालाँकि वो कविता नहीं है। एसएचजी पर एक किताब है, माइक्रो इकोनॉमिक्स पर।"

"कभी लखनऊ नहीं आती?"

"तुम बुलाते ही नहीं।"

"स्वाति, लेकिन इयोनिच ज्यादा निष्ठुर था। येतकिना ने बाद में उसे कई बार मिलने के लिए बुलाया, लेकिन वह पैसे गिनने में ही अपना सुख तलाश चुका था। वह नहीं गया।"

"तुमने पढ़ी थी कहानी?"

"वो मेरी सबसे पसंदीदा उदास कहानी है।"

17.2

18192 उत्सर्ग एक्सप्रेस
लखनऊ से बलिया 6.45 pm
दिसंबर की शाम थी
उस शाम मैं
मैं सुरेमनपुर स्टेशन पर बैठा था
तुम काजोल की तरह भाग के आओगी
इस इंतजार में मैंने कितनी बार झाँका
खिड़की से,
फिर मैं दरवाजे पर खड़ा था
ट्रेन चल पड़ी धीरे-धीरे
पहले मैंने क्रॉस किया प्लेटफॉर्म
फिर सिग्नल
ट्रेन दौड़ने लगी
मैं एकदम से भारी हो गया
शायद ट्रेन से
या धरती से
पाँवों ने चलने से मना कर दिया
दिल ने धड़कना बंद कर दिया
मैं लखनऊ जंक्शन पर बैठा था निठल्ला...
मेरी कितनी यात्राएँ इसी तरह गुजरी हैं

तुम्हारे इंतजार में हर स्टेशन पर
या फिर बस स्टॉप पर
सर्दियाँ आती हैं, चली जाती हैं
तुम एक स्वेटर बुनती 'सिर्फ तुम' की प्रिया गिल की मानिंद
तुम्हारे नर्म हाथों से बुना एक ख्वाब
सिर्फ तुम और हमारी प्यारी जादुई दुनिया...
रेडिमेड स्वेटरों से भरे मेरे वार्डरोब
गर्माहट नहीं देते
बदन पर लिबास की तरह ढोता रहता हूँ बस
पैदल चलते हुए कई बार ऐसा लगता है कि
आने वाले मोड़ पर कोई मिलेगा
जो भरी महफिल में कहेगा कि
हाँ मैंने प्यार किया है तुमसे
अगले बसंत में जबकि मैं 40 का होने जा रहा हूँ
आज अभी वहीं खड़ा हूँ
जहाँ 20 साल पहले खड़ा था
तुम्हारे हॉस्टल के बाहर
तुम्हारे इंतजार में
तुमसे जूठी हुई कॉफी का मग हाथ में पकड़े हुए।

18.1

नायामात्मा प्रवचनेन लभ्यो न मेधया न बहुना श्रुतेन।

यमेवैष वृणुते तेन लभ्यस्तस्यैष आत्मा विवृणुते तनुंस्वाम्। 6.23

यह परमब्रह्म न तो प्रवचन से, न बुद्धि से और न बहुत सुनने से ही प्राप्त होता है। जिसको यह स्वीकार कर लेता है, उसके द्वारा ही प्राप्त किया जा सकता है। क्योंकि परमात्मा उसके लिए अपने यथार्थ स्वरूप को प्रकट कर देता है।

अवधेश कठोपनिषद अलग है। वह परमब्रह्म की सत्ता को सभी संभावनाओं, सभी निश्चितता से अलग करता है। वह परमब्रह्म के लिए 2+2=4 के सिद्धांत को नकारता है। कठोपनिषद परमब्रह्म की इच्छा, उसकी स्वायत्तता पर बल देता है।

यम साहस के साथ कहता है कि परमतत्व को पाना इतना आसान नहीं है। वह परमतत्व की मर्जी पर है, वह तुम्हारी पात्रता देखेगा फिर तुम्हें अपना बोध कराएगा। इतना आसान नहीं है परमत्तव, वह किसी कार्य-कारण नियम से प्रतिबद्ध नहीं है। किसी भी नियम से प्रतिबद्ध नहीं है। वह चैतन्य है, वह मुक्त है। बादलों की तरह जहाँ मन किया वहीं बरस गए।

"यमेवैष वृणुते तेन"

वह तुम्हें स्वीकारे तब!

यहाँ यम साधक की पात्रता, उसकी स्वीकार्यता पर बल देते हैं। साधक की पात्रता भारतीय परंपरा का मुख्य बिंदु है।

अवधेश, किसी अन्य चिंतन परंपरा में यह मिलना मुश्किल है। सभी

परंपराओं में परमतत्व का चिंतन मिलेगा परंतु साधक के कार्य आचरण के एथिक्स का विस्तृत वर्णन मिलना मुश्किल है। एथिक्स में जितना काम भारतीय मनीषियों ने किया है, उतना किसी चिंतन परंपरा में नहीं मिलता है।

इसी क्रम में यम नचिकेता की परीक्षा लेते हैं क्योंकि जिस परमतत्त्व का स्वरूप इतना दुर्लभ है, उसका ज्ञान भी उतना ही कठिन है। पहले विषय की दुरूहता से डराते हैं।

देवैरत्रापि विचिकित्सितं पुरा न हि सुविज्ञेयमणुरेष धर्मः।

अन्यं वरं नचिकेतो वृणीष्व मा मोपरोत्सीरति मा सृजैनम्।#2#21

हे नचिकेता, इस विषय में पहले देवताओं ने भी संदेह किया था, परंतु उनकी भी समझ में कुछ नहीं आया। क्योंकि विषय बड़ा ही सूक्ष्म है, सहज ही समझ में आने वाला नहीं है। इसलिए तुम दूसरा वर माँग लो, मुझ पर दबाव मत डालो।

बुद्ध तो साफ मना करते हैं भैया। यह दस अवक्तानी है, मैं इन पर कुछ नहीं बोलूँगा।

इंद्रेश भी मुझसे लड़ता रहता है। आपका दर्शन आध्यात्म बहुत कठिन है, दुरूह है, मुझे मेरी भक्ति राधारानी में लीन रहने दो। बहुत लड़ता है, 30 साल से अधिक हो गए लड़ते हुए।

बाबा को टोकते हुए अवधेश ने पूछा, "लेकिन तब भी तो आप उसी से स्नेह करते हैं।"

"अवधेश, ईर्ष्यालु न बनो, हा हा हा..." बाबा के चेहरे पर हँसी थी। उन्होंने प्रवचन शुरू किया–

देखो, भारतीय मनीषा बहुत लोकतांत्रिक रही है। भारतीय मनीषा में ईश्वर/परमसत्य के कई पाठ हैं। वाद-विवाद हमारी परंपरा रही है। भारतीय मनीषा में एक सत्य के कई पाठ माने गए हैं। आप स्वतंत्र हैं अपने मत के लिए। मनीषी कह रहा है, मेरा यह मत है, आप सहमत हैं तो अनुसरण करो, नहीं सहमत हैं, कोई और मत मानो। कोई द्वंद नहीं, कोई विद्वेष नहीं।

कौन-सी परंपरा वैष्णवों की है, कौन-सी शाक्तों की, कौन-सी शैवों की, बौद्धों की, जैनों की, तुम किसी को अलग नहीं कर सकते।

आदिनाथ कहते हैं– सत्य अनेकाम धर्माम। अर्थात सत्य के अनेक धर्म होते हैं। जो जिस नजरिए से कहता है, वह उसका सत्य है।

अवधेश, इतना लोकतांत्रिक चिंतन किसी अन्य समाज में नहीं मिलेगा। आज पश्चिम मनीषा हजारों साल बाद उत्तराधुनिकता आंदोलन तैयार कर रही हैं, जिसमें पाठ की स्वायत्तता पर बल है। अर्थात आप जो पढ़ रहे हैं, जो सोच रहे हैं, वो सत्य है। जो दूसरा पढ़ रहा है, ग्रहण कर रहा है, वह भी सत्य है। इसी बात को जैन मनीषा हजारों साल पूर्व में कह चुकी हैं। अवधेश, मैं कहाँ था?

"बाबा, विषय की दुरूहता पर..."

हाँ, यम परीक्षा ले रहे हैं अपने पात्र की, कि यह ज्ञान देने लायक है या नहीं। पात्र की परीक्षा सर्वांगीण होना चाहिए क्योंकि यह परमतत्व का ज्ञान है। यह दूसरी महत्त्वपूर्ण परीक्षा थी यह पता करना कि पात्र में कोई लोभ-लालच तो नहीं है।

कामा दुर्लभा मर्त्यलोके सर्वान कामांश्छन्दतः प्रार्थयस्व।
इमा रामाः सरथाः सतुर्या न हीदृशा लम्भनीया मनुष्यैः।
आभिर्मत्प्रत्ताभिः परिचारस्व नचिकेतो मरणं मानुप्राक्षीः। 2.25

यम कह रहे हैं- नचिकेता, तुम विचार करो और जो-जो भोग मनुष्यलोक में दुर्लभ है, उन संपूर्ण भोगों को इच्छानुसार माँग लो। रथ और नाना प्रकार के वाद्यों के सहित इन स्वर्ग की अप्सराओं को अपने साथ ले जाओ। मनुष्यों को ऐसी स्त्रियाँ निःसंदेह अलभ्य हैं। मेरे द्वारा दी हुई इन स्त्रियों से तुम अपनी सेवा कराओ। पर हे नचिकेता, मरने के बाद आत्मा का क्या होता है, इस बात को मत पूछो।

देखो यम कितना मजा ले रहे हैं। प्राचीन समय में जब कोई साधक गंभीर साधना में उतरता था तो कामदेव की सेना टूट पड़ती थी। यम भी

ऐसा ही मायाजाल बुन रहे हैं।

मैं जब अपने श्रद्धेय गुरु के पास गया तो लगभग तीन वर्षों के बाद गुरु जी ने मुझे मठ के हिसाब-किताब की जिम्मेदारी दी थी। मैं एक महीने के बाद गुरुवर के पास गया कि गुरु जी मैं ज्ञानार्थी बनने आया हूँ इस जिम्मेदारी से मुक्त करिए। तब वो जोर से हँसे। उस दिन के बाद से वो मुझे अपने पास बैठाने लगे।

लेकिन नचिकेता का जवाब एक-एक शब्द देखो, पढ़ो, गुनो। एक-एक शब्द एथिक्स के मोती हैं। बालक बाबा के चेहरे पर एक आभा थी। वह जब भी नचिकेता की बात करते, उसी में लीन हो जाते।

श्रोभावा मर्त्यस्य यदन्तकैतत्सर्वेन्द्रियाणां जरयन्ति तेज़ः।

अपि सर्व जीवितमल्पमेव तवैव वाहास्तव नृत्यगीते।#2.26

नचिकेता का प्रत्युत्तर है- हे यमराज, जिनका आप ने वर्णन किया, वे क्षण भंगुर भोग और उनसे प्राप्त होने वाले सुख मनुष्य के अंत:करण सहित संपूर्ण इंद्रियों का जो तेज है उसको क्षीण कर डालते हैं। इसके सिवा समस्त आयु चाहे कितनी भी बड़ी क्यों न हो, अल्प ही है। इसीलिए ये आपके रथ आदि वाहन और ये अप्सराओं के नाच-गान आपके ही पास रहे, मुझे नहीं चाहिए।

अवधेश, नचिकेता का यह उत्तर हमेशा पीछा करता है- सर्व जीवितमलपमेव बाबा खड़े होकर खिड़की से देखने लगे।

आयु कितनी भी बड़ी क्यों न हो, अल्प ही है। मोह नहीं रखना चाहिए। पांडवों के कुल में राजा ययाति थे, उन्होंने अपने पुत्रों की आयु लेकर भोग किया। लेकिन अंत में उन्हें निराशा हाथ लगी।

मुझे ही देखो, अस्सी का होने वाला हूँ लेकिन जब कभी बचपन को याद करो, या युवावस्था को याद करो, लगता है कल ही की बात हो जैसे। आयु एक बिंदु पर केंद्रित हो जाती है। बाह्य रूप से आप उसे लंबाई-चौड़ाई में माप सकते हैं लेकिन आपके अंतस में वह एक बिंदु में सिमटी

रहती है। वह बिंदु सेकेंड से भी न्यून है।

आयु कितनी भी बड़ी हो, अल्प ही है, अर्थात- जीवन क्षरणशील है, मृत्यु स्वभाविक है। नचिकेता मृत्यु को स्वाभाविक प्रक्रिया मानता है। अवधेश, सोचो सात वर्षीय बालक कितना प्रज्ञावान है। कभी आश्चर्य होता है आचार्य शंकर स्वयं सात वर्ष में प्रज्ञावान हो गए थे। जो भी मननशील प्रज्ञा है, वह मृत्यु को स्वाभाविक मानती है। नचिकेता कहता है- तुम लोग मुझे लेकर चिंतित होते हो, मृत्यु स्वाभाविक है, फिर भय कैसा?

सुकरात एथेंस में थे। कितने साहस के साथ उन्होंने मृत्यु को स्वीकार किया था। वह चाहते तो एथेंस छोड़ के जा सकते थे। लेकिन जो अवश्यंभावी है, उससे भागकर कहाँ जाया जाए। सुकरात से प्लेटो ने कहा कि आप चले जाइए लेकिन सुकरात ने अस्वीकार किया। वह जहर का प्याला पीते हुए प्लेटो से कहते हैं कि- उनकी मृत्यु के बाद मुर्गे की बलि दे दिया जाए, अर्थात उत्सव मनाया जाए। क्योंकि इस क्षरणशील शरीर से मुक्ति मिल गई है, इसका शोक न मनाया जाए। यूनान में तब प्रचलन था कि जब भी शुभ काम होता था तो बलि दी जाती थी।

वह दृढ़निश्चयी था। जो क्षरणशील है, उसके लिए मोह कैसा!

हम मृत्यु पर सदैव प्रश्न खड़े करते हैं। उससे भयभीत होते हैं लेकिन हम जीवन पर कभी प्रश्न नहीं करते हैं, न ही उससे भयभीत होते हैं। मृत्यु से कैसा भय! मृत्यु वैसे ही है जैसे जीवन है। तुम लोग मुझे लेकर व्यर्थ चिंता करते हो। मैं चाहता हूँ कि तुम सहज हो जाओ।

अवधेश, आँखें नम न करो। वह पीछे मुड़े। एक ऊर्जा थी उनके चेहरे पर। एक घूँट पानी पिया। कुछ स्मृतियों में लाने का प्रयास करने लगे।

अवधेश नचिकेता तो मृत्यु देवता से साक्षात्कार कर रहा है। दृढ़ निश्चय के साथ जो यम के द्वार चला जाए। मृत्यु को स्वीकारने का साहस नचिकेता में है। वह सारे प्रलोभन अस्वीकार करता है। अगले श्लोक में यम ने कठोपनिषद में उन विशिष्टताओं को बताया है जो परमतत्व की

ग्रहीता को सुलभ बनाते हैं।

नाविरतो दुश्चरितान्नाशान्तो नासमाहितः।

नाशान्तमानसो वापि प्रज्ञानेनैनमाप्युनात्। 6.24

सूक्ष्म बुद्धि के द्वारा भी इस परमात्मा को न तो वह मनुष्य प्राप्त कर सकता है जो बुरे आचरणों से निवृत्त नहीं हुआ है, न वह प्राप्त कर सकता है जो अशांत है, न वह जिसके मन तथा इंद्रियाँ संयत नहीं हैं और न वह प्राप्त करता है, जिसका मन शांत नहीं है।

नचिकेता इन सारी विशिष्टताओं को ग्रहण करता है। यम सारी परीक्षा के बाद नचिकेता को परमतत्व का ज्ञान दे रहे हैं। यह तुम्हें कई ग्रंथों में अलग भावों में मिलता है।

गीता में– सुखे दुखे समें कृत्वा लाभा लाभौ जया जयो'

अवधेश, जरा पहला श्लोक दुबारा पढ़ना। स्मृति अब साथ नहीं दे रही है।

नयनात्मा प्रवचनें लाभ्यों न मेद्या न बहुना श्रुतेन।

न मेधा अर्थात न बुद्धि से, न बहूना श्रुतें अर्थात श्रुतियों अर्थात अनुभव से। इस सूत्र वाक्य से यम परमात्मा को ज्ञात करने के दो महत्त्वपूर्ण स्कूल का अतिक्रमण कर रहे हैं। पश्चिम में परमतत्व को मानने के दो स्कूल चले– एक अनुभववाद दूसरा प्रज्ञावाद। भारत में उसके समकक्ष चार्वाक और अन्य दर्शन हैं।

अनुभववाद अर्थात इंद्रियप्रदत्त ज्ञान। भारत में अनुभववाद के समक्ष चार्वाक दर्शन है जिसे महसूस किया जाए वही सत्य है। जैसे मैंने पुस्तक को छुआ इसलिए यह पुस्तक है, इसकी प्रमाणिकता अनुभव में है।

लॉक, बर्कले से चला सिद्धांत जिसकी चरम परिणति यह हुई कि ह्यूम ने किसी भी तरह की सत्ता मानने से इनकार कर दिया। ह्यूम कहने लगे कि हम तो पुस्तक भी नहीं छू रहे होते हैं, हम बेसिकली एक गत्ते को विभिन्न दिशा से छू रहे होते हैं।

प्रज्ञावाद अर्थात बुद्धिप्रदत्त ज्ञान जिसमें बुद्धि और कार्य-कारण को ही सब कुछ माना गया, वह भी असफल हुआ। बुद्धिवादियों ने फिर वस्तुजगत की सत्ता को ही नकार दिया। उन्होंने सिर्फ विज्ञान की सत्ता स्वीकार की। अब साइंस में ही देखो, जो कार्य-कारण संबंध को गोल्डन रूल मानता है, वहाँ भी क्वांटम थ्योरी और अनसर्टेंटी थ्योरी का कॉन्सेप्ट है, जहाँ निश्चितता का अभाव है।

दोनों के असफल होने के बाद कांट आते हैं। सुखद आश्चर्य है कि वो कहते हैं कि कुछ सत्ता जो सत्ता सबको प्रकाशित कर रही है, उसे ज्ञात नहीं किया जा सकता। वह स्वतः सिद्ध है। हमें मानकर ही चलना पड़ेगा। अद्भुत है कि भारतीय मनीषा इससे हजार साल पहले कह चुका है।

अवधेश, देखो कठोपनिषद। अनुभव और तर्क दोनों का अतिक्रमण कर रहा है। परमतत्व परमात्मा जो कहे उसे कार्य-कारण संबंध से नहीं समझा सकता। उसे कार्य-कारण संबंध से समझने का विद्वानों ने बहुत प्रयास किया। आज भी प्रयास हो रहे हैं।

दोनों स्कूल, अनुभववाद या बुद्धिवाद, परमतत्व को एक विशेष पैटर्न से बाँधते हैं। आप इन प्रक्रियाओं को अपनाएँ तो परमतत्तव की सत्ता का ज्ञान होगा, अथवा नहीं होगा।

कठोपनिषद अद्वितीय है। वह परमतत्व को अथवा उसके ज्ञान को किसी पैटर्न से नहीं बाँधता है। वह उसे मुक्त मानता है। यम परमतत्व को मनमौजी मानते हैं। भाई, आप सारे प्रयत्न कर लो लेकिन फिर भी परमतत्व का मूड करेगा तभी आपको उसका साक्षात्कार होगा।

कठोपनिषद अदभुत है। वह एक ही साथ बुद्धि, प्रज्ञा, अनुभव, सबका अतिक्रमण करते हुए परम सत्ता का उद्बोधन कराती है।

यम स्पष्ट कहते हैं साहस के साथ- नचिकेता ईश्वर को तुम बुद्धि से या श्रुत से नहीं जान सकते। वह तुम्हें स्वीकार करे, तुम्हारी पात्रता की परीक्षा करेगा, तभी पा सकते हो।

अवधेश, थोड़ा पानी दो, अब गला जल्दी सूखने लगता है। पहले घंटों कठोपनिषद पर मैं बोलता था, अब कुछ भूलने भी लगा हूँ।

कठोपनिषद अपने आप में अद्वितीय है। ऐसा किसी भी दर्शन में नहीं है। यहाँ प्रज्ञा ज्ञान स्वयं मृत्यु के देवता ही दे रहे हैं। सामान्यतः मृत्य को अशुभ माना जाता है, लेकिन कठोपनिषद में मृत्य और उसके देवता एक मनीषी के रूप में प्रकट होते हैं।

वेदांत में हिंदू मनीषा ने कितना गूढ़ कथन कहा है। स्वयं मृत्यु के देवता से ही नैरेटिव तैयार किया गया है। मुझे ईश्वर का पाठ कठोपनिषद में सबसे प्रामाणिक और अपनी प्रज्ञा के नजदीक लगता है। यम कहते हैं कि – ईश्वर को जानने की प्रक्रिया विपरीत है।

18.2

"बाबा थक गए हों तो कल बैठा जाए?"

"हाँ, कल कुछ और श्लोक पर चर्चा करते हैं। आओ थोड़ा नदी पास टहलते हैं।" बाबा आसान से उठकर बिना अवधेश की प्रतीक्षा किए चलने लगे।

शाम हो आई थी। जाड़े की सुरमई शाम। नदी में पीलापन तैर रहा था।

"मृत्यु से पूर्व कठोपनिषद के पाठ से ज्यादा आनंद कहाँ मिलेगा। बहुत दिनों बाद तुमने चर्चा चलाई। उपनिषद वेदांत बिना शिष्य के चर्चा करना उचित नहीं होता है।

कठोपनिषद का काव्यात्मक प्रवाह अपनी ओर खींचता है। मैं कभी इसके मोह से मुक्त नहीं हो पाया। इसीलिए आप से आग्रह किया था कि आपके साथ रसास्वादन करूँ।"

"उपनिषद अपने सबसे निकटस्थ गूढ़ शिष्य के साथ रसास्वादन के लिए ही बने थे। इन्हें वेदांत भी कहा गया जिन पर सर्वाधिक विश्वास हो। मैंने तुम्हारे और इंद्रेश के अलावा किसी से चर्चा नहीं की।"

"आज इंद्रेश बाबा नहीं दिख रहे हैं?"

"नाराज है। मैंने गुस्से में कहा कि तूने गुरु ऋण नहीं उतारा। कितना संतुष्ट होकर जीवन यात्रा पूर्ण कर रहा हूँ। लेकिन एक चिंता लेकर जा रहा हूँ कि किसी योग्य उत्तराधिकारी को नियुक्त नहीं कर पाया। अवधेश, इंद्रेश को मना क्यों नहीं रहे हो, आश्रम को बिना पीठाधीश के छोड़ना उचित नहीं है।" बालक बाबा की नदी को निहारती दो आँखें थीं। ऐसा लग रहा

था वे नदी के साथ प्रवाहमान हैं।

"मैंने कई बार कहा है बाबा। आप किसी और को नियुक्त क्यों नहीं करते हैं?"

"उससे योग्य मुझे कोई दिख भी नहीं रहा है। एक दिन वही पीठाधीश बनेगा, अपनी नियति से कहाँ भागेगा। उसकी नियति में है पीठाधीश्वर बनना। मैंने जान लिया है। देवता भी यही चाहते हैं। बस मैं इतना चाहता हूँ कि मेरी मृत्यु और उसके पीठाधीश बनने तक कोई जो तुम्हारी नजरों में योग्य हो बताओ, ताकि वो कस्टोडियन बन जाए। योग्यता से ज्यादा समर्पित हो और लालची न हो, क्योंकि आश्रम के पास पर्याप्त संपति है, जो किसी को भी लालची बना सकती है।"

"मैं कोशिश करता हूँ। बाबा, क्या आपको जरा भी मोह नहीं है? हम सब कितने असहाय हो जाएँगे!"

"अवधेश, मुझे कमजोर न करो। मुझे मोह नहीं, एक प्रार्थना साथ है। यही उत्तरायण काल था। बाणों से बिंधे आर्यपुत्र भीष्म शरीर त्याग रहे थे। देवकीपुत्र कृष्ण उनके पास खड़े थे। गंगापुत्र पिछले कई दिनों से जिन शब्दों का इंतजार कर रहे थे, उनको देवकीपुत्र ने उद्‌घोष के साथ कहा–पृथ्वी पालक महातेजस्वी भीष्म जी, मैं आपको सहर्ष आज्ञा देता हूँ। आप वासुलोक जाइए। इस लोक में आपके द्वारा अणुमात्र भी पाप नहीं हुआ है।

अनुजानामि भीष्म त्वां वसून् प्राप्तुहि पार्थिव।

न तेअस्ति वृजिनं किंचिदिहलोके महाद्युते।

इन शब्दों को सुनने के बाद गंगापुत्र के लिए कुछ भी सुनना शेष नहीं था। उन्होंने देह त्याग दिए।

बस यही एक मोह अपने साथ ले जा रहा हूँ कि देवकीपुत्र मुझे कह सकें कि रणबहादुर, तुम पाप-मुक्त हो। बस अंतिम समय में यही प्रार्थना लिए जा रहा हूँ। देवकी पुत्र मेरे द्वारा किए पापों को क्षमा करें। शायद स्वप्न में ही!"

18.3

अवधेश जब घर पहुँचे तो रात ढल रही थी। दिनेश ने द्वार पर तगाड़ी में आग जलाकर रखा था। उन्हें खुशी हुई। वो घर के अंदर नहीं घुसना चाह रहे थे। भोजन आश्रम से ही कर आए थे। द्वार पर पड़ी कुर्सी पर बैठ गए। घर के अंदर घुसने में हिम्मत जवाब दे रही थी। अंदर ठंड, सीलन और अकेलापन था। नींद आँखों से कोसो दूर थी। उन्हें चाय पीने की इच्छा हुई। दिनेश को चाय के लिए बोलकर कुर्सी पर निढाल पड़ गए। उन्हें आभास हुआ कि उत्तरायण काल आने वाला है और बाबा अब कभी भी प्राण त्याग सकते हैं, । बचपन से लेकर 70 सालों का साथ छूट रहा है।

वे बाबा से कई बार आग्रह कर चुके हैं लेकिन वे जानते हैं कोई फायदा नहीं है, ।

अवधेश को बाबा से ज्यादा अपनी मृत्यु से डर लगने लगा है। जीवन भर मृत्यु से निडर बने रहे। कांगो, अल्जीरिया के शांति मिशन, सोनभद्र के नक्सल मूवमेंट में वे उत्तर प्रदेश पुलिस के सच्चे निर्भीक अधिकारी थे। दो बार के राष्ट्रपति पदक आज भी उनके ड्रॉइंग रूम की शोभा हैं। लेकिन बुढ़ापे में जब वो मृत्यु के सबसे पास हैं, वो उससे डर रहे हैं। बाबा के पास उपनिषद वेदांत की चर्चा करके उनका मृत्यु भय कम होता हैं, लेकिन घर आते ही वे फिर से उस भय से जकड़ जाते हैं। आज विजया पास होती तो शायद वो हिम्मत रखते। उनकी पत्नी उनका साहस थी। दूर कांगो में विजया के लिखे पत्र उनका हौसला बढ़ाते।

कांगो से घर लौटने की खुशी बहुत ज्यादा रहती थी। पहली बार पूरे

चार साल बाद घर आए थे। बेटा उन्हें पहचान नहीं पाया था। उस दिन वो इसी दरवाजे पर खड़े थे। विजया दालान में बेटे को स्कूल भेजने के लिए तैयार कर रही थी।

आज वहाँ कोई नहीं है। वो घर रहें या बाहर, न कोई इंतजार करने वाला है, न कोई विदा करने वाला!

19.1

मेरे गाँव को चीरती हुई
पहले आदमी से भी बहुत पहले
चुपचाप बह रही है वह पतली-सी नदी
जिसका कोई नाम नहीं
तुमने कभी देखा है
कैसी लगती है बिना नाम की नदी?

"विन्नी, कब आए?"

"दस मिनट पहले, तुम्हारी कविता सुन रहा था। अच्छी है।"

"केदार जी की कविता है।"

"प्रशांत, मुझे मालूम है जब से गाँव आया हूँ, तुमसे दस बार सुन चुका हूँ, जब भी नदी के पास होते हो गुनगुनाते हो।"

"बिना नाम की नदी हमारे सामने बह रही है–एकदम शांत कोई हलचल भी नहीं। कभी नदी ने शिकायत भी नहीं की कि उसका नाम क्यों नहीं रखा गया। सदियों से बहती नदी। नाम रखना कितना छोटा काम है, लेकिन यदि समाज द्वारा वो नामाकरण छूट जाए फिर आइडेंटिटी खत्म।"

"जिसका नाम न हो वो स्मृतियों में भी नहीं रहता है। किसी को याद रखने के लिए नाम जरूरी होता है। हम बाहर भी जाते हैं, गंगा जी और यमुना जी की स्मृतियाँ साथ रहती हैं। लेकिन अनाम नदी की कोई स्मृति नहीं रहती है। मैं तो लखनऊ में भूल भी चुका था कि कोई नदी भी है जो

हमारे गाँव में बहती है।"

"सोचने वाली बात यह है कि इस नदी का अब तक कोई नाम क्यों नहीं पड़ा। यही कहोगे कि मैं पक चुका हूँ, इन दो महीनों में तीसरी बार सुन रहा हूँ।" प्रशांत नदी की तरफ हल्के कदमों से चलने लगा।

"लेकिन तुम बताओ क्यों नाम नहीं पड़ा?"

"श्रुतियों में तो दुर्वासा जी के श्राप का वर्णन है। उन्हें नहाने में देर हो रही थी इसलिए।"

"विन्नी, लेकिन बाबा का मत कुछ और है। कहते हैं कि अनाम नदी अपनी जड़-स्त्रोत गंगा जी से कट गई है, अकेली परित्यक्त और श्रापित रह गई। इसलिए इसका नामकरण समाज ने नहीं किया। पास से इसको सुनो, न हलचल न कोई ऊर्जा, बस बहती है क्योंकि इसका स्वभाव है। बिना नाम बिना इतिहास की नदी मंथर-मंथर बहती नदी। नजदीक आने पर पता चलता है। धीरे-धीरे छुल-छुल आत्मा में बहती है। खैर, ये सब बाबा के गूढ़ रहस्य हैं। वो और इंद्रेश चाचा समझें। आओ छत पर चलें।"

"छत पर? ठंड होगी!"

"आओ तो!"

प्रशांत के द्वार से ही बाहर ही छत को लगी सीढ़ी थी।

19.2

"तेरी भाषा में यह हमारा गोपनीय जीवन है।"

"व्हॉट अ सरप्राइज, सब कुछ वैसा ही है!"

"और व्यवस्थित है।"

"अभी भी हम लोगों की किताबें, बैडमिंटन, रैकेट्स, बैट्स..."

"विन्नी, तुम्हें याद है, यह हम लोगों का पहला बैट था जिसे हमने रानीगंज से खरीदा था?"

यह ऊपर वाला कमरा जिसे हम चाय की टपरी कहते थे। यहाँ हम सारे कॉलेज के दोस्त जुटते थे। कस्बे के मार्केट से चोरी से खरीदे सिगरेट और चाय पीते थे। सामने नदी का बहाव धीरे-धीरे हमारी आत्मा में रिसता रहता था। पोर्न किताबों से लेकर टोलोस्टॉय तक, दलेर मेंहदी से जगजीत सिंह तक, कितनी दूर तक फैली दुनिया और सपने थे, जिसके एक छोर पर अमेरिका तो दूसरे पर बेंगलुरु या दिल्ली था।

"तुम्हारे लिए कुछ स्पेशल है।"

"Ta lisker... क्या बात है!" विन्नी की आँखों में चमक थी।

"चखना तो मँगा लेने दे।"

"घर से? चाचा-चाची को मालूम हो गया तो?"

"अनिकेत है, वो किसी को नहीं बताता है।"

"और ये तालीस्कर (Ta lisker)?"

"यहाँ का एक्साइज इंस्पेक्टर अपना जूनियर है, वह भिजवा देता है। बहुत देर कर दी आने में, मैं कब से तुम्हारा इंतजार कर रहा था।"

"चौक के मंदिर पर बैठा था। सजावट देख रहा था।"

"तुम्हें अच्छा लगा? दोपहर में मैंने साफ-सफाई करवाई थी।"

"बहुत खालीपन था मंदिर में। छोटे थे तो घर के लोग पूजा करते थे और हम लोग छुपा-छुपाई खेलते थे। मंदिर के कितने पिलर्स हम लोगों के बचपने के दस्तावेज हैं।"

"कितनी दुकानें बंद हो गई हैं। पास के कस्बे में शिफ्ट हो गए हैं सारे दुकानदार।"

"हम लोग पतंग खरीदने चौक पर जान-बूझकर दुपहरी में जाते थे, ताकि कोई देखे न। फिर डरते हुए भागते थे। तब लगता था पूरी दुनिया इसी चौक पर इकट्ठा है।"

"हमारे सपनों के गाँव ने बहुत कीमत चुकाई है।"

"तो क्या गाँव में रहा जा सकता था?"

"शायद नहीं!"

"विन्नी, क्या हम रोक सकते थे? यह होना ही था।"

"शायद!"

"शायद न लगाओ, मुश्किल था रहना। हम परिवर्तन को रोक नहीं सकते, उसे स्वीकार सकते हैं। पिछले पाँच सालों से गाँव में रुका हूँ। सोचा पलायन रोकूँगा, बेहतर शिक्षा दिलाऊँगा। पार्टी से कहके पॉलीटेक्निक कॉलेज, आईटीआई खुलवाया, लेकिन मेरी पत्नी और बच्चे दीपावली, छठ तक में घर आने से मना कर देते रहे हैं। कल दो दिन के लिए वाराणसी जा रहा हूँ। सोचा था मकर सक्रांति बाबा के साथ मनाऊँगा। शायद उनके साथ आखिरी सक्रांति हो।" प्रशांत हताश था।

"विन्नी बाबू, हम जो जिंदगी चाहते हैं वो नहीं मिल पाती है। बाकी सब मिल जाता है। मैं शहर पसंद नहीं कर पाया तो यह मेरी जिंदगी है। साधारण बात है, मुझे शहर पसंद नहीं आए। उन एक हजार स्क्वॉयर फुट की जिंदगी मुझे रास नहीं आई, न कोई अपना। यहाँ मेरे अपने लोग हैं,

इन्हें छोड़कर मैं नहीं रह सकता। लेकिन मेरी पत्नी को यह बात समझ में नहीं आती।"

"तू आश्रम में पीठाधीश बन जा।"

"विन्नी, प्लीज मैं सीरियस हूँ।"

"तालीस्कर अंदर जाते ही हम सीरियस हो जाते हैं।"

"कल 12 जनवरी है और..."

"और?"

"कल मैं 40 का हो जाऊँगा।"

"बधाई... मैं मिस कर गया।"

"मैं पिछले महीने हुआ था। प्रशांत, क्या इतनी जल्दी चलीसा आ जाता है? अभी तो जी भर के जवानी भी नहीं जी हम लोगों ने!"

"सालों बाद तो साथ जश्न का मौका मिला है।"

"स्वाति ने सक्रांति को डिनर पर बुलाया है। कई कॉलेज फ्रेंड इकट्ठा होंगे। तुम्हें बनारस न जाना होगा तो आना।"

"स्वाति से मिला था?"

"हाँ, वो भी तुम्हारी तरह कस्बे में रच-बस गई है।"

"वो ज्यादा मजबूत है। उसे जो जिंदगी जीनी है, उसने अपनी शर्तों पर जिया है। तेरा कोई सॉफ्ट कॉर्नर बचा है क्या अभी?"

इस सवाल पर विनीत शांत रहा।

"वो कह रही थी कि मेरे प्रपोज ने एक मायाजाल रचा जिससे वह उबर नहीं पाई है।"

"मायाजाल? मायाजाल कोई और नहीं हम खुद बुनते हैं, विन्नी बाबू। यह दुनिया ही कितना बड़ा मायाजाल है। कुछ ही लोग हैं, बालक बाबा या इंद्रेश बाबा की तरह, जो इस मायाजाल को तोड़ पाते हैं। जब लखनऊ छोड़ा तो सोचा कि बहुत साधारण टीचर की जिंदगी जीऊँगा लेकिन यहाँ राजनीति के मोह में पड़ गया। अभी ब्लॉक प्रमुख हूँ, कल विधायक बनने

का मायाजाल घेरेगा। हम सब किसी न किसी मायाजाल में ही तो हैं।"

"डिनर लगवाऊँ या एक पैग चलेगा?"

"एक हम सबकी 40वीं पारी के लिए।"

"यह पैग गाँव की खूबसूरत सर्दियों के नाम।"

"प्रशांत, हम जाड़ों का कितना इंतजार करते थे, पूरा दिन क्रिकेट में और लंबी सर्दियों की रातें मोटे रजाइयों में कटती थीं।"

"प्रशांत!" विन्नी फुसफुसाया।

क्या तुम विश्वास करते हो
उसके बारे में
जो बीता है वो सब कुछ
जो हम किसी को बताना नहीं चाहते हैं?
वो जो हमने जिया है इतने सालो में
क्या हमीं थे वो जो जीते रहे
या कोई और था जो हमारी जगह जी रहा था?

19.3

सुबह के छह बज रहे थे। लेकिन गाँव में चहल-पहल थी। प्रशांत सो रहा था। सामने सुबह की ट्रेन जा रही थी।

'साला सुबह तक घोड़े बेचकर सोता है। उत्सर्ग होगी, लखनऊ जा रही होगी।' विन्नी ने मन में सोचा।

अचानक से उसे लखनऊ की याद आई। महीना भर से ऊपर हो गया था। लखनऊ एक भूख की तरह महसूस हुई।

'मुझे जल्दी ही निकलना चाहिए। रितु अकेले सब सँभाल रही है। आरव और अर्जुन तंग कर रहे होंगे।' सोचते हुए वह चुपचाप अपने घर के लिए चल पड़ा।

"विन्नी, चाय पीते जाओ।"

"चाचा, अभी प्रशांत जगेगा तो बता दीजिएगा मेरे घर आ जाए, मैं चल रहा हूँ।"

पहले सूर्यनाथ बाबा का घर, फिर नर्वदेश्वर बाबा का घर दिखा। कोई हलचल नहीं थी। आगे गाँव का चौराहा था। वहाँ दो-चार बच्चे साइकिल से दिखे। अपने किसी दोस्त का इंतजार कर रहे होंगे। विन्नी भी यहीं पर प्रशांत का इंतजार करता था। फिर स्कूल, फिर कोचिंग।

"प्रणाम विन्नी चाचा!"

"बच्चों, खूब खुश रहो। तुम लोगों से कौन बताया है मेरा नाम विन्नी है?"

"गाँव में चाचा सब आपको विन्नी कहते हैं, पूरब टोले वाले।"

"कहाँ जा रहे हो ट्यूशन या स्कूल?"

"स्कूल बंद है चाचा, ट्यूशन जा रहे हैं।"

"खूब मन लगा के पढ़ो।" कहकर विन्नी ने अपनी जेब टटोली उसमें 12 सौ रुपये थे।

"ये पैसे लो, कुछ बढ़िया खाने का मन हो तो खा लेना तुम सब। केसरी की चाट जरूर खाना।"

'पूरब टोले वाले विन्नी चाचा? चाचा?' विन्नी ने सोचा।

अभी कल ही की तो बात हो जैसे, वो भी कितने जोश से कुहासे वाली सुबहों में साइकिल से ट्यूशन के लिए जाता था। बीस साल हो गए। विनीत ने एक लंबी साँस ली।

20.1

तीसरे पग के लिए राजा बलि ने अपना सिर भगवान विष्णु के आगे झुका दिया। पिछले दो पगों में राजा अपना संपूर्ण भू-भाग गँवा चुके थे। आचार्य शुक्र ने बलि को चेताया था कि आप दान से विमुख हो जाएँ लेकिन महादानी बलि कहाँ रुकने वाले थे! वह महादानी थे, जानते थे कि स्वयं ईश्वर यह लीला कर रहे हैं।

राजा बलि की भक्ति से भगवान विष्णु प्रसन्न हुए और वरदान माँगने को कहा। तो राजा बलि ने माँगा कि भगवान स्वयं उसके दरवाजे पर रात-दिन खड़े रहें। ऐसा होने के बाद भगवान विष्णु राजा बलि के पहरेदार बन गए। महीनों तक भगवान स्वर्गलोक में वापस नहीं पहुँचे। संपूर्ण प्रकृति, देव-महादेव चिंतित हो उठे। महादेव और ब्रह्मा जी ने माँ लक्ष्मी से अनुरोध किया की माता लक्ष्मी कोई उपाय करें। माता लक्ष्मी ने राजा बलि के पास जाकर रक्षा सूत्र बाँधा और अपना भाई बनाया। माँ लक्ष्मी ने राजा बलि से उपहारस्वरूप अपने पति भगवान विष्णु को माँग लिया। उस दिन श्रावण मास की पूर्णिमा थी। तभी से अब तक बहनें अपने भाई को राखी बाँधती हैं।

बलिया शब्द बलियाग से बना है। बलियाग अपभ्रंस है बलियाग्य का। यह शब्द बलि+यज्ञ से बना है अर्थात राजा बलि का यज्ञ प्रदेश। राजा बलि ने यहीं अपना अश्वमेध यज्ञ किया था।

20.2

"सुरहा ताल क्यों? गंगा नदी में क्यों नहीं?"

"बाबा की इच्छा थी।"

"विन्नी, तुम्हें भी आश्यर्य हो रहा होगा सुरहा ताल क्यों? बाबा को विश्वास था कि इसी ताल के किनारे आचार्य पाराशर ने देवी सत्यवती के साथ संसर्ग किया था। बाबा के प्रिय कवि गुरु के पिता आचार्य पराशर। देवी सत्यवती को आचार्य श्रेष्ठ ने गंगा किनारे देखा था। वो काम से वशीभूत हो गए।"

"अवधेश भैया, सब देवताओं की इच्छा थी। देवता जब किसी बात का निश्चय करते हैं तभी कुछ संभव हो पाता है। भगवान कृष्ण को लीला करनी थी।" इंद्रेश चाचा ने खिड़की से देखते हुए कहा।

"आचार्य पाराशर ज्योतिष के जनक और महर्षि वेद व्यास के पिता थे। न आर्य श्रेष्ठ काम के वशीभूत होते न व्यास जी का जन्म होता और न महाभारत होता। सब नियति थी। विन्नी, यह ताल नहीं महाभारत का बीज बिंदु है।"

"इन सारी घटनाओं की सार्थकता देवकीनंदन की लीला में है।"

"देवी सत्यवती की तीन शर्तें थीं। तीसरी शर्त थी, कोई इस संसर्ग को देखे नहीं। आर्य श्रेष्ठ ने तत्क्षण इस झील का सृजन कर चारों तरफ कुहासा फैलाया। इस ताल के एक छोर पर व्यासी गाँव है, वेद व्यास का जन्म स्थान। जिस पर गंगा नदी का पुल बना है।"

"विन्नी अपने दाहिने देखो, यह पराशिया गाँव है। थोड़ा उत्तर की तरफ

आगे जाने पर दुबहर मिलेगा। आचार्य दुर्वासा की जन्मभूमि-कर्मभूमि।"

'परशिया आचार्य पराशर का गाँव भौगोलिक भाषा में समुद्र तल से 300 फिट ऊँचा। शांत अपनी दिनचर्या में उलझे लोग होंगे। जैसे एक सामान्य गाँव में होता है।' विन्नी ने सोचा।

"सुरहा ताल आ गया, इंद्रेश।" अवधेश बाबू की आँख भर आई।

मीलों में फैला सुरहा ताल का विस्तार था। हवा सामान्य से तेज थी। साइबेरियन पक्षियों से भरा ताल।

"ये पक्षी रूस से हर साल आते हैं। इलाहाबाद में संगम तट के बाद यहीं सर्वाधिक मिलते हैं। बाबा पीठाधीश बनने से पहले हर रोज इस ताल के पास संध्या वंदन ध्यान करते थे।"

इंद्रेश बालक बाबा के अस्थिकलश को अपने सीने से चिपकाए थे। वो अकेले ही अस्थिकलश के साथ चल दिए।

"विन्नी, थोड़ा धीमे हो जाओ। इंद्रेश को जाने दो, पिछले कई वर्षों से वह आचार्य श्रेष्ठ के सबसे नजदीक रहा है।"

विन्नी रुक गया।

"तुम ने रात में सप्तऋषि को देखा? बहुत ऊर्जा थी। कल बाबा आशीर्वाद लेने गए होंगे भृगु बाबा से। दो ऋषि, दो परंपराएँ, क्या बात किए होंगे?"

"बाबा को यह आभास था कि वो वेद व्यास की परंपरा से हैं। इसीलिए उन्होंने इस ताल को चुना अस्थि विसर्जन के लिए। जहाँ से सृजन वहीं से विलय। मैं तो गंगा जी के पक्ष में था लेकिन इंद्रेश से बाबा ने अपनी इच्छा जाहिर की थी। बाबा स्थितिप्रज्ञ हो गए थे। यह भी एक कारण रहा होगा इस ताल में विसर्जन का। गंगा जी में धुलकर पता नहीं कहाँ समुद्र तक प्रवाहित हो जाते। वह बलिया का मोह नहीं छोड़ पाए।"

"विन्नी, चलो इंद्रेश से कहा जाए कि नाव तैयार है।"

इंद्रेश चाचा अस्थिकलश के साथ देर तक चुपचाप खड़े थे।

"चाचा, नाव तैयार है।"

"अवधेश भैया, ये अस्थिकलश मेरे जीवन भर की पूँजी है।" इंद्रेश अपनी नम आँखों से जूझ रहे थे।

सूरज अपनी लालिमा पूरे ताल में बिखेर रहा था। ताल में जल एकदम निश्छल गति से बह रहा था।

'बाबा ने जैसा सोचा था वैसा ही हुआ। आज उत्तरायण का पाँचवाँ दिन है। बाबा इसी काल में शरीर छोड़ना चाहते थे। यही कोई समय रहा होगा जब आचार्य ने देवी सत्यवती के साथ संसर्ग किया होगा।' विन्नी ने मन-ही-मन सोचा।

ताल में गहराई में आते-आते हवा का दबाव बढ़ रहा था।

"बाबा, हम बीच ताल में आ गए हैं।" नाविक ने तेज आवाज में कहा।

इंद्रेश और अवधेश बाबू उठे और दोनों ने कलश को ताल को समर्पित किया। अस्थिकलश धारा के साथ बहने लगा।

"हे गुरुवर, हमारे अपराध को क्षमा करना। समर्पण!" इंद्रेश की आँखों में दबे आँसू के बादल फट पड़े।

"इंद्रेश, अपने को सँभालो।"

"मैं अनाथ हो गया, अवधेश भैया।"

"तुम्हीं नहीं, पूरा गाँव आज अनाथ हो गया। तुम्हीं हम लोगों का अब साहस हो।"

ताल एकदम शांत था। बस चप्पू की आवाज छप-छप आ रही थी। इंद्रेश देर तक निष्पलक कलश को देखते रहे। कुछ कहना-सुनना टाल रहे थे।

"इंद्रेश, बाबा जरूर स्वर्गलोक गए होंगे।"

"यह तो निर्णय देवताओं का होगा।" इंद्रेश बाबा अभी भी कलश को देख रहे थे।

"मेरा विश्वास है, बाबा ने अपने संत धर्म का पालन बड़ी निष्ठा से

किया है। स्वर्गलोक में ही होंगे। महाभारत में प्रसंग है– युधिष्ठिर जब स्वर्ग गए तो देखे कि दुर्योधन भी स्वर्ग में है। उन्हें घोर आश्चर्य हुआ। इंद्रेश, तुम बता सकते हो देवताओं ने क्या उत्तर दिया था ? सुनो–

हे राजन, इन्होंने युद्ध में अपने शरीर की आहुति देकर वीरों की गति पाई है। जिन्होंने युद्ध में देवतुल्य तेजस्वी तुम समस्त भाइयों का डटकर सामना किया है, जो पृथ्वीपति दुर्योधन महान भय के समय भी निर्भय बने रहे। उन्होंने क्षत्रिय धर्म के अनुसार यह स्थान प्राप्त किया है।

वीरलोकगतिः प्राप्ता युद्धे हुत्वाआत्मनस्तनुम।
यूयं सर्वे सुरसमा येन युद्धे समासिताः।
स एष क्षत्रधर्मेण स्थानमेतदवाप्तवान्।
भये महति योअभीतो बभूव पृथिवीपतिः।

बाबा ने स्वधर्म का पालन किया, इसलिए वो स्वर्गलोक में होंगे।"

"बाबा स्वर्ग-नर्क सबसे परे थे भैया। कभी उन्होंने संदेह नहीं किया। उन्हें लोभ नहीं था।"

"वो नचिकेता थे। वैसे ही स्थितिप्रज्ञ, वैसे ही शांत।" इंद्रेश ने एकदम शांत स्वर में कहा।

'दुख किसी को अधिक शांत तो किसी को अधिक वाचाल बना देता है। इंद्रेश चाचा जहाँ और शांत रहने लगे थे, वहीं अवधेश चाचा अधिक बोलने लगे थे। अवधेश बाबू शायद अपने दुख और डर दोनों को छुपाने के लिए वाचाल बन गए हों।' बिन्नी ने मन में सोचा।

21.0

यह पांडवों का महाप्रस्थान का निर्णय था। भगवान श्री कृष्ण बहेलिए के बाण से देह त्याग कर चुके थे। द्वारका में भीषण कलह था। यदुकुल आपस में संघर्षरत था। अर्जुन की गांडीव का तेज क्षीण हो चुका था। महर्षि व्यास के परामर्श से पांडवों ने भी देह त्याग कर परलोक गमन का निश्चय किया। पाँचों भाई धर्मराज युधिष्ठिर के नेतृत्व में हिमालय के लिए गमन कर चुके थे। अब भौतिक रूप से नहीं लेकिन मानसिक महाभारत उन सबके मन में चल रहा था।

21.1

धर्मराज
यह गांधारी का श्राप था
वासुदेव के कंठ रुंधे थे
उस श्राप को स्वीकारना केशव का दायित्व था
कुल वंश सब संघर्षरत
द्वारका में घोर संकट है
धर्मश्रेष्ठ
हम देव हों या भगवान
प्रकृति से, काल से सब बँधे हैं
कौंतेय
एक दिन वह सब लौटाना होता है
जो हमने धरा से लिया है
अस्त्र, शस्त्र, तेज, सौंदर्य, वाणी
सभी कुछ
केशव ने चक्र त्याग कर वनागमन कर लिया है
कदाचित बहेलिए के बाण से अचेत है
कदाचित यह झूठ हो आर्य।

21.2

परीक्षित धारण करो राजदंड
हमें आज्ञा दो
तात उत्तरापेक्षी हैं इंद्रप्रस्थ
क्यों यह महाप्रस्थान अकारण?
युधिष्ठिर, भीम, अर्जुन, द्रौपदी, नकुल, सहदेव

महाप्रस्थान क्यों?
अभी तो कौंतेय विजयी हैं
हजार साल हैं राज-सत्ता के

पांडवों से बड़ा योद्धा कौन
फिर असमय यह महाप्रस्थान?

महाप्रस्थान करना ही था तो युद्ध क्यों?
क्यों मारे दुर्योधन, द्रोण, भीष्म, दुशासन, कर्ण
हर घर में है क्रंदन
वधुओं का, माताओं का
केशव!
केशव!
कहाँ हो?

पूछता है इंद्रप्रस्थ

परीक्षित अभी युवा है
कैसे सँभालेगा
इतना बड़ा साम्राज्य ?
युधिष्ठिर, भीम, अर्जुन, सब निरुत्तर।
शांत थे पांडव
उत्तरापेक्षी थी इंद्रप्रस्थ।

21.3

वह द्रौपदी थी
लड़खड़ाकर गिर चुकी थी, अचेत
इंद्रप्रस्थ की सभा का अपमान पिए हुए
हिमालय से भी गुरुत्तर

अभी तो शिवालिक की शुरुआत थी
आर्यश्रेष्ठ धर्मराज कृष्णा अचेत पड़ी हैं
इतनी जल्दी
धर्मराज ने सोचा
भीम उसे मोह था, आसक्ति थी
अर्जुन के प्रति
मैं असहाय हूँ
यह यात्रा सबको स्वयं करनी है
मोह न करो भीम आगे बढ़ो

21.4

हे धर्मराज, भ्राता देखो मेरे
पैर भारी होते जा रहे हैं
मैं चलने में असमर्थ हूँ
यह बालू के समुद्र, कीचड़, शैवाल
मुझे रोक रहे हैं
यह यात्रा रोक दें धर्मश्रेष्ठ
सहदेव साहस करो
आर्यश्रेष्ठ, मेरी क्या गलती थी?
मैं इस तरह से पीड़ा में हूँ।
मैं उठ नहीं पा रहा हूँ
आर्य श्रेष्ठ मुझे जवाब दें
भीम शोक न करो
उसे अहम था
बुद्धिमत्ता का
यह यात्रा ऐसी है
जहाँ सब त्यागना पड़ना पड़ता है
सब लौटाना है– हिम को, धरा को
मोह न करो, आगे बढ़ो
अभी तो और दुर्गम रास्ते हैं।

21.5

अबकी नकुल थे
रूप गर्विता
आर्य वह नकुल है
कितना मोहक था
मैं उसे गोद लिए फिरता था
धर्मश्रेष्ठ चुप थे
नकुल रूप गर्विता था

21.6

मध्य हिमालय से दूर
अर्जुन भारी कदमों से अग्रसर थे
अंतर्मन में थके पार्थ
गांडीव के बिना, केशव के बिना
यह कितना त्रासद है
मेरी शक्ति क्षीण हो चुकी है
पहले द्वारकाधीश
फिर अग्निदेव ने कहा
सब सौंप दो जो इस धरा से मिला है
पार्थ
यह गांडीव भी
मैंने भी चक्र सौंपा है

जो यहाँ से मिला
सब यही अर्पण करना होता है
देवेंद्र, मैंने गांडीव त्याग दिया है

गांडीव,
निस्तेज गांडीव
अर्जुन विचारे

मैं द्वारका वधुओं को नहीं बचा पाया
लुटेरे आततायियों से
यह कलंक!
उचित ही है यह महाप्रस्थान
यह कैसी यात्रा है केशव?
तुम्हारे बिना करनी पड़ रही है
द्रुपद सुता भी अचेत है

अर्जुन ने अपने हाथों को देखा
उसमें रक्त कण थे, कानों में चीख थी
पितामह भीष्म की
पार्थ रुके

केशव,
अपने श्री चरणों में रखना
यह अंतिम प्रार्थना थी

धनुर्धरों में श्रेष्ठ
अर्जुन अचेत पड़े थे
भीम जानते थे आर्य श्रेष्ठ का उत्तर
उन्होंने बस सूचना दी
भीम उसे अहम था
अपनी शक्ति का, गांडीव का
एक दिन सब क्षयशील है, अनुज
शोक न करो।

21.7

भीमसेन शांत, चुप, स्थिर
योग मुद्रा में विराजे
कोई गति नहीं
गदाविहीन भीम जड़वत हो चले
यह स्वीकार की हुई जड़ता थी

क्या अर्थ है आगे बढ़ने का
सुयोधन को मारने का
युद्ध जीतने का?

क्या युद्ध की परिणति यही थी
सुयोधन भाई था
राज्य के लिए, अहम के लिए
भाई का वध?

इतिहास अर्जुन से नहीं पूछेगा
उसने युद्ध को छोड़ा था
उसके मन में प्रश्न था
युद्ध को लेकर
बंधुओं की हत्या को लेकर

आर्यश्रेष्ठ धर्मराज हैं
परंतु मैं
सदैव दुर्योधन से लड़ता हुआ संघर्षरत।

आर्षपुरुष, आप आगे बढ़ें
मेरे पाँव थक गए हैं
मैं यहीं रुकना चाहता हूँ
हाँ मुझे अपने बल का घमंड था
मैं यही हूँ, जड़वत, धर्मराज।

21.8

पाँच गाँव क्या पर्याप्त नहीं थे?

कानों में गूँजती द्रोण की चीख
अश्वत्थामा मरो नरो वा कुंजरो
द्युत क्रीड़ा से भी बड़ा छल था यह उत्तर

प्रश्नों से घिरे धर्मराज
पाँच गाँव पर्याप्त थे
आज सब छोड़ दिया
यह कैसी नियति थी केशव
हम सब खड़े थे हाथों में खड्ग लिए
अपना सारा अहं/वासना लिए हुए
मैं ऐसा राज्य नहीं चाहता था
सुयोधन, भीष्म, द्रोण, अभिमन्यु के रक्त से भीगा राजदंड
उस राजमुकुट की नियति ही थी
मैं जितना
जल्दी उतार पाता।

21.9

कई साल और बीत जाते हैं। डॉक्टर दिमित्री स्त्रात्सेव व्यवसायिक रूप से दक्ष, अमीर और बड़ा डॉक्टर है। उसका एक मात्र आनंद पत्ते खेलना और रोगियों से पैसे इकट्ठा करना है। दो घरों और एक जमींदारी का मालिक, वह अब अकेला मोटा, थुलथुल, चिड़चिड़ा और आमतौर पर अपने आस-पास की दुनिया के प्रति उदासीन है। वह हर शाम रोगियों से इकट्ठे हुए पैसे को गिनता हुआ आनंदित होता है। अपनी बग्घी के चालकों पर चिल्लाते हुए एक शैतान की तरह दिखता है।

और तुर्किन परिवार वहीं हैं, जैसे वे वर्षों पहले थे– पति थिएटर चलाता है, अपने मेहमानों को शौक से बुलाता है, उनका मनोरंजन करता है। उसकी पत्नी उन्हें अपने उपन्यासों को जोर से पढ़कर सुनाती है, और येतकिना अभी भी अपने पियानो को बहुत जोर से बजाना पसंद करती है। वह अब भी कुँवारी है। अंतर सिर्फ इतना है कि अब उस पर उम्र की थकान दिखने लगी है।

दिमित्रि को लोग इयोनिच कहने लगे हैं जो स्थानीय भाषा में दंभी और उदासीन के लिए प्रयुक्त होता है।

इयोनिच! इयोनिच!

विन्नी ने पूरी कहानी वर्षों बाद फिर पढ़ डाली। यह कहानी चेखोव ने तब लिखी थी जब वह 40 के आस-पास थे। वह अपनी उम्र गिनने लगा। उसका मन कसैला हो गया। उसे हमेशा दिमित्री इयोनिच से हमदर्दी थी। उसे लगता था यदि दिमित्री को येतकिना प्यार करती तो शायद वह

उदासीन और दंभी नहीं बनता। लेकिन इस बार उसे दिमित्री से कोई हमदर्दी नहीं हुई। विन्नी को लगा कि यह दिमित्री की नियति ही थी शायद, यदि येतकिना उसे मिल भी जाती तो भी वह उसी तरह उदासीन और नीरस बनाता।

इयोनिच! इयोनिच!

'विन्नी, तुम नीरस हो रहे हो, यह ठीक नहीं।' आज पहली बार उसे डर सा लगा।

उसकी नींद एकदम से उचट गई थी। रात के 11 बज रहे थे। वह बरामदे में आया। बाहर एक नीरव शांति थी। विन्नी छत की ओर गया। यह बसंत की रात थी, ढलती जनवरी की रात। हल्की-हल्की ठंड। पूरा गाँव नींद की चादर में सोया था। दो महीना हो गया था विन्नी को गाँव में रहे। बाबा के साथ पता ही नहीं चला। अब उसे लखनऊ निकलना चाहिए। कितनी जिम्मेदारियाँ थीं जो उसका इंतजार कर रही थीं। रितु अकेले सबसे जूझ रही थी। वह इतनी रात को मैगी बना रही थी, आरव जिद कर रहा था। विन्नी, आरव और आशीष का सामना करने से डर रहा था। अंदर से न तो लखनऊ न रितु के लिए ही कोई फीलिंग आ रही थी। वह रोज लखनऊ जाने के लिए अपने को तैयार कर रहा था।

देर तक आसमान निहारने के बाद विन्नी कमरे में आया। भोर की उजास धीरे-धीरे कमरे में पसरने लगी थी। उसे नींद नहीं आ रही थी। यह बसंत था, उसके प्रिय कवि कालीदास का प्रिय बसंत।

द्रुमाः सपुष्पाः सलिलं सपद्म स्त्रीयः सकामः पवनः सुगंधिः।

सुखाः प्रदोषा दिवाशास्च रम्याः सर्व प्रिए! चरुतारं वसंते।।2

फूल और फलों से लदे पेड़ हैं। हवा में सुगंध है। स्त्रियों में काम है, मादकता है। रात और दिन दोनों आनंददायक हैं। यह बसंत है– सभी कुछ सुंदर और अधिक सुंदर है।

लेकिन विनीत के मन में कोई हलचल नहीं थी।

उसने अलमीरा से ऋतुसंहार को उठाया और पढ़ने लगा। कालीदास विनीत के गोपनीय जीवन का हिस्सा थे। जब भी वह साइकोलॉजी की किताबों से ऊबता हैं तो वह कालीदास की शरण में चला जाता। तब वह इंटर का छात्र था जब उसने बाबा की लाइब्रेरी से कालीदास की मेघदूतम को पढ़ा था। प्रेम और सौंदर्य को पहली बार उसने कालीदास की आँखों से ही समझा था।

22.1

लखनऊ

"सुजीत, आज तू 25वीं सालगिरह मना रहा होता। तुम दोनों तो एक ही सब्जेक्ट में थे।"

"कितना भागा था देवांशी के पीछे।" प्रो सुजीत की आँखों में शून्यता थी। "देवांशी के इंतजार में रोज निशातगंज में दसियों कप कॉफी पिया करता था। वो ऑटो से आती थी। फिर अपने स्कूटर पर बिठा के उसे यूनिवर्सिटी लाता था। मेरे सबसे अच्छे दिन थे, बृज। PDF के लिए अमेरिका गया। उतने दिनों में रणजीत ने बाजी मार ली। मुझे क्या पता था कि रूम पार्टनर दगा देगा!"

"Et to brute!"

"पता नहीं देवांशी ने कैसे इस भक्चोन्हर को पसंद कर लिया! एक दम दोनों जँचते नहीं हैं। कभी रणजीत का चेहरा देखा है? यथा नाम यथा गुण बॉलीवुड का रंजीत लगता है।"

"तुम्हारे साथ की जोड़ी से तो बढ़िया ही लग रही है।"

"तुम दोनों क्यों हँस रहे हो?"

"सर, आज आप अपनी 25वीं सालगिरह मिस कर रहे होंगे।"

"दस साल बाद तुम लोगों की भी यही हालत होगी।" प्रोफेसर सुजीत के चेहरे पर मद्धिम मुस्कान थी।

"सर, आप ग्लेनफिडिच लीजिए, सिंगल मॉल्ट।"

"तुम सब आज व्हिस्की भी सिंगल माल्ट ही पिलाओगे? जितेंद्र उर्फ जीतू the love guru...of fm radio nice to see you, बैठो।"

"सर, मेरा प्रोग्राम आप सुनते हैं?"

"अब अकेला आदमी क्या करेगा, हालाँकि तुम्हारा प्रोग्राम एकदम बकवास है। मैं तो कहता हूँ एक दम घटिया।" प्रोफेसर बृज ने सुजीत सर का मजा लेकर कहा।

"जीतू, क्या बकवास राय देते हो, जिसका तलाक पाँच साल बाद होना होगा, उसका दो महीने में हो जाएगा।"

"सर, इतना घटिया?"

"सर, इससे एक लड़की नहीं पटी और लव गुरु बनता है।" अबकी प्रभाकर ने कहा।

"प्रभाकर, तू तो मत ही कुछ बोल। तेरे क्रश को अखिलेश उड़ा ले गया और तू हाथ मलता रह गया।"

"मुझे सब मालूम है बेटा, आफ्टर ऑल आई एम प्रोफेसर। यह आईबीपीएस में उलझ गया, वहाँ इसका खाता ही कोई उड़ा ले गया। लेकिन तुम्हारे सुझाव बहुत घटिया होते हैं। एक दिन एक लड़के ने पूछा कि 'सर, मैं नेहा के साथ रिलेशन में हूँ लेकिन रिया, जो मेरे नेबरहूड में रहती है, की ओर अट्रैक्शन फील कर रहा हूँ। मैं क्या करूँ?' तब लरजती आवाज में इनका जवाब था- 'आप नेहा के बारे में ही सोचें, भटकाव न लाएँ।' भाई ये क्या बकवास है? भाई, अगर अट्रैक्शन फील कर रहा है तो रिया से बात करे और नेहा को भी बताए, इसमें क्या खराबी है? जबर्दस्ती किसी रिश्ते को क्यों ढोए? देखना, शादी के दो साल बाद ही तलाक होगा। बेटा, सच्चाई सुनो और बताओ। उसका सामना करो।" सुजीत सर आज मूड में थे।

"सर, मेरा प्रोग्राम फ्लॉप हो जाएगा, इतने क्रांतिकारी सुझाव मैं नहीं दे सकता।"

“तुम दे भी नहीं सकते। गट्स होना चाहिए। तुम्हारी पीढ़ी दे ही नहीं सकती। मेरी पीढ़ी का शेर देखो, 25वीं सालगिरह मना रहा है। और तुम लोगों को देखो, तीन साल की शादी में तलाक और 376-377 में जेल जाना पड़ता है।”

“सुजीत, हर चौथे-पाँचवें लड़के पर मुकदमा हो रखा है। कुछ पर शादी का झाँसा देकर बलात्कार का, तो कुछ पर शादी के बाद उत्पीड़न करने का। और 377 का तो पता नहीं रिश्ते कहाँ जा रहे हैं। जो लड़के-लड़की कॉलेज के कैंटीन-लाइब्रेरी में भी एक दूसरे के बिना जी नहीं पाते थे, वही कुछ सालों के बाद एक-दूसरे का मर्डर तक करने पर उतारू हैं। बलात्कार ,हत्या,377, 498a, 394 के मुकदमे झेल रहे होते हैं। कभी-कभी लगता है कि अगली पीढ़ी जेल जाने को अभिशप्त होगी।”

“बेटा, तुम और तुम्हारी पीढ़ी पत्नी से ज्यादा मोबाइल को समय दे रही है। पिछले महीने तेरा स्टेट्स देख रहा था, तूने एक बड़ी गाडी के साथ फोटो डाला था और नीचे लिखा था– We lcoming a new fami ly member... क्या गाड़ी, महँगे मोबाइल फ़ोन, घर के फैमिली मेम्बर होते हैं? तुम्हारी पीढ़ी कुछ दिनों में प्रेम करने से भी डरेगी, वो जापान वाली आर्टिफिशियल गुडिया लाएगी और उसी के साथ बॉन्डिंग बढ़ाएगी। एक दिन तुम सबके जीवन में आर्टिफिशियल गुड्डे और गुड़िया होंगे। तुम सब प्रेम करने से डरोगे।” यह प्रोफेसर सुजीत का ठहाका था।

“आप विन्नी को बोलिए, वो आपका फेवरेट शिष्य है, वह आजकल शादीशुदा जोड़ों की काउंसलिंग कर रहा है।”

“वो है कहाँ?”

“सर, अभी तो दिखा था।”

“बुलाओ भाई, मेरे होते हुए महफिल यहाँ जमनी चाहिए।”

प्रोफेसर सुजीत, डीन ऑफ आर्ट फैकल्टी, लड़कों के बीच वार्डेन सर और ऑल्वेज सिंगल प्रोफेसर के रूप में लोकप्रिय थे।

"सर, चरण स्पर्श!"

"कहाँ थे?"

"सर, अभी आ ही रहा था, आपके पास।"

"देखो बृज, झूठ बोल रहा है। ये उधर अपने पुराने पापों के बीच था। बेटा, मैं आठ साल तुम्हारा वार्डन रहा हूँ। पहले एक ड्रिंक लो फिर बात करते हैं... वेटर... एक पेग विन्नी को दो... यह मैरिज काउंसलिंग का क्या चक्कर है?"

"सर, वो मैरिज काउंसलिंग छोड़ दिया।" विन्नी ने डरते हुए कहा।

"यू आर ए स्कॉलर। तुम बड़ी चीज के लिए बने हो। काउंसलिंग वगैरह इस लव गुरु को दे दो, लरजती आवाज में सबको समझाएगा। इन सब छोटी-छोटी चीजों में अपनी ऊर्जा मत लगाओ। अच्छा सोचो, अच्छा रिसर्च करो और और उसे प्रकाशित करो। एक दिन तुम्हारा बड़ा नाम मैं देखना चाहता हूँ। यूनिवर्सिटी में मुझे तुम यूपीएससी मटेरियल लगते थे, तुमसे पूरी उम्मीद थी, लेकिन तुम भाग जाते हो, बहक जाते हो। अपने को स्थिर रखो।"

"पता नहीं निलय ने तुम्हें उसमें क्यों घसीट लिया था। तुम जीनियस हो। बहुत कम लड़के मुझे तुम्हारे जैसे मिले। तुम साइकोलॉजी के लिए एसेट हो। कल घर आओ। एक वर्कशॉप है साइकोलॉजी पर, शिमला में एडवांस्ड स्टडीज में। वहाँ चला जाएगा। अमेरिका से डॉ C Praust और नीदरलैंड से मिस्टर T Mi।lon आ रहे हैं। तुम्हें मजा आएगा और जो तुम्हारे दिमाग में कीड़े पल रहे हैं, वे भी शांत होंगे। तुम खुद एक केस स्टडी हो गए हो। मुझे तुम पे मेहनत करने की जरूरत है। कितने बड़े प्रोफेसर क्यों न हो जाओ मेरे लिए तुम आज भी स्टूडेंट हो। मैं तुम्हें इस तरह नहीं देख सकता। अच्छा बताओ, तुम्हारी किताब कहाँ तक पहुँची?"

"सर, प्रोसेस में है। कोशिश कर रहा हूँ।"

"तुम लोग, तुम्हारी पीढ़ी मेहनत से घबरा रही है। छोटा-सा अवरोध आया कि वो चैप्टर क्लोज। न रिश्तों में मेहनत न एकेडमिक्स में। थोड़ा-सा अवरोध आया, किताब बंद कर दो। थोड़ा अवरोध आया, तलाक ले लो। मेहनत करना होता है भई। एडिसन ने 36 हजार असफल प्रयोग के बाद हमें बल्ब दिया है।" प्रोफ़ेसर सुजीत ने विन्नी को एक थपकी दी।

"सुजीत, बच्चों ने बहुत लेक्चर सुन लिया। एक पैग और लो, फिर 52 वर्षीय वर और 50 वर्षीया वधू को आशीर्वाद दिया जाए।"

"सर, देवांशी मैम का गाना भी है।"

"गो टू हेल!" सुजीत चिल्लाए।

22.2

रात के दो बजे थे। किसी को भी घर जाने की जल्दी नहीं थी। यह कोविड की पहली लहर के बाद की पहली बड़ी पार्टी थी। हर आदमी खुश था कि वह जिंदा और सही-सलामत है। खुली हवा में साँस ले रहा है। भूख प्यास महसूस कर रहा है।

"भाई, ऐसा लग रहा था एक युग बीत गया हो। हम सब कितना मिस कर रहे थे ऐसी पार्टियों को। काश कोविड की कोई नयी लहर न आए! एक घर में बंद जिंदगी से डर लगता है।"

"अतुल, तूने देर कर दी यार हम और विन्नी कितना इंतजार कर रहे थे।"

"साले पहले चल देते हो। जल्दी-जल्दी में गिफ्ट नहीं ला सकते। तुम दोनों के लिए बुके बनवाते। अब लेट हो गया।"

"देख हम लोग डेल्लाइट्स नहीं हैं कि बुके और गिफ्ट का नौटंकी पालें।"

"विन्नी, नाइस टू सी यू। पूरे तीन महीने के बाद। तेरे बिना लखनऊ में कोई मजा नहीं था।"

22.3

"विन्नी, मैं अतुल को साथ ही ले जाता हूँ। आज उसने ज्यादा ड्रिंक कर लिया है। अकेले छोड़ना ठीक नहीं है।"

"यह 25वीं है। इस साल मेरी भी 8वीं होती न, निक्की?"

"कोई बात नहीं अतुल।"

"निखिल, तू सुन नहीं रहा है। मैं और प्रीति साथ होते तो 8वीं सालगिरह मनाते। अगले साल बेटी का भी 5वाँ बर्थडे है। पिछली बार हम सब साथ थे।"

"तुम्हारी शादी को कितने साल हुए? 10 हुए न निक्की? मैं और विन्नी कितना डांस किए थे, निक्की मेरी जिंदगी यूजलेस हो गई है यार।"

कोई तो तरकीब बता मेरे यार जुलाहे...

"25वीं सालगिरह, how romantic!"

22.4

लखनऊ मतलब कलीग, बैचमेट्स, दोस्त और हजरतगंज से गोमतीनगर तक फैला जीवन। लखनऊ मतलब पत्नी, बच्चे, घर और कुछ जिम्मेदारियाँ। विन्नी उन्हें काउंट कर रहा था। आरव का एडमिशन, आशीष की जमानत आदि। आने वाले दिनों के लिए वो अपने को तैयार कर रहा था।

23.1

फरवरी में होती बारिश, हाई राइज फ्लैट से पूरा लखनऊ भीगता दिख रहा है। बारिश की बूँदों में चहकती हुई गोमती नदी। पश्चिमी विक्षोभ का असर है। अतुल ने दूसरी चाय पीते हुए सोचा।

पश्चिमी विक्षोभ, भारतीय उपमहाद्वीप के उत्तरी इलाकों में सर्दियों के मौसम में आने वाले ऐसे तूफान को कहते हैं जो वायुमंडल की ऊँची तहों में भूमध्य सागर, हिंद महासागर और कुछ हद तक कैस्पियन सागर से नमी लाकर उसे अचानक वर्षा और बर्फ के रूप में उत्तर भारत, पाकिस्तान व नेपाल पर गिरा देता है। उत्तर भारत में रबी की फसल के लिए, खासकर गेहूँ के लिए, अत्यंत आवश्यक होते हैं।

अतुल को अचानक लगा कि वह पुरानी चीजें इतिहास-भूगोल अनावश्यक ही याद करने लगा है।

"सर, लंच में क्या बनाऊँ ?"

"लंच ?" उसे याद आया, आज संडे है, शुभी ने बुलाया था। अतुल ने घड़ी देखी, 12 बज चुके थे। वह दो बार से शुभी को मना कर चुका था। पिछली बार डेंटिस्ट से अपॉइंटमेंट का बहाना लिया था। वह शुभी से भाग रहा था।

अतुल चुपचाप बिस्तर पर पसर गया, "सुरेंद्र, एक कॉफी बना दो प्लीज। अभी लंच के लिए बोलूँगा।"

'शुभी को दो घंटे तक मैं कैसे झेलूँगा, निखिल को साथ ले चलूँ!' एक ख़त्म हो चुके रिश्ते में फिर से झाँकना ठीक रहेगा। अतुल सोच रहा था।

"हेलो निक्की, आज फ्री हो?"

"कुछ नहीं, वो शुभी ने लंच पर बुलाया है। भाई तू विश्वास कर। मेरा एकदम जाने का मन नहीं है। मैं उसे दो बार मना कर चुका हूँ।

"मैं उसकी वजह से लखनऊ नहीं आया हूँ।"

"क्लाइंट के साथ है! तेरे खून में शेयर मार्केट घुसा है। मुझे किसी की जरूरत नहीं है।"

"तब की बात और थी। तब तो पूरा दिन भी कम लगता था।"

"विनी डिस्टर्ब है, नहीं तो चला जाता। वो तेरी तरह मतलबी नहीं है।"

"अरे यार दो बार मना कर चुका हूँ। आज सोच रहा हूँ कि चला जाऊँ। थैंक्स!"

अतुल चुपचाप कमरे में पड़ा रहा। वह अपने शरीर को एक धक्के के साथ उठाना चाह रहा था लेकिन स्मृतियाँ उसे जकड़े जा रही थीं।

कोई 2008 की दोपहर थी।

"तू यूपीएससी मेंस नहीं दे रहा है?"

"यार मन नहीं किया।"

"मन नहीं किया? भाई यूपीएससी का मेंस हैं, तेरे घर की खेती नहीं। मैंने तेरा 9 बजे तक वेट किया। तेरा तो इस बार लास्ट चांस था। मैं और विन्नी तुझे गुडलक विश करने गए थे।" निखिल गुस्से में था।

"प्लीज निक्की, मैं कोई डिस्कसन नहीं चाहता। पिछले तीन इंटरव्यू तो दिया ही था, कौन-सा सिलेक्शन पा लिया?" अतुल बात को टालना चाह रहा था।

"साले टेस्ट में तुमने सबसे अच्छे स्कोर किए थे।"

"तू एक दिन रोएगा। तू यह हकीकत स्वीकार नहीं करता कि न तो निकिता मैम ही तेरे हाथ आने वाली है, न ही शुभी।"

"तेरी प्रॉब्लम जानता है क्या है, तू सब कुछ चाहता है। तू एक

नाटककार, एक आईएएस, निकिता मैम और शुभी सबको लेकर एक साथ जीना चाहता है।" निक्की गुस्से में था।

"भाई तेरा ये लास्ट अटेम्प्ट था। बस 10 दिन बाद ही तो एग्जाम में बैठना था।"

"आई एम फेड अप ऑल दिस आई डोंट वांट एनी ऑर्गुमेंट।"

"कहीं घूमने चलें।" विन्नी ने भारी मन से कहा।

"मैंने शुभी को बोल रखा है, तेरे पास कुछ पैसे हैं ?"

"मेरे पास तेरे रोमांस के लिए पैसे नहीं हैं।"

"भाई प्लीज, शुभी के साथ मूवी जाने की सोच रहा था।"

"कितना ?"

"1000 दे दो, तेरे लिए मैं बर्गर पैक करा लूँगा।"

"यह 2000 पकड़। मैं उस दिन का इंतजार कर रहा हूँ जिस दिन शुभी के लड़के तुझे मामा बोलेंगे।" निखिल भड़का हुआ था।

"मैं उस दिन का इंतजार कर रहा हूँ, जब निधि के बच्चे तुझे मामा बोलेंगे।"

अचानक से सारी स्मृतियाँ रूई के फाहे की तरह उड़ने लगीं। कोई दो बज रहा था। अतुल के मोबाइल में 20 मिस्ड कॉल्स थी शुभी की। उसने कॉल किया।

"शुभी आई एम सॉरी, मैं सो गया था। मैं निकल रहा हूँ।"

23.2

"सर, किसके यहाँ जाना है?"

"शुभी... शुभी गुप्ता।"

"सर, फ्लैट नंबर प्लीज?"

"ओह सॉरी, वन मिनट... 631." अतुल शुभी के मैसेज देखने लगा।

सिक्योरिटी गार्ड इंटरकॉम से पूछने लगा। अतुल की धड़कन तेज थी– काश वो घर पर न हो तो उसे वापस जाना पड़े। वो दुबारा भागना चाह रहा था।

"सर, प्लीज!"

शाम हो आई थी। अतुल ने 12 बजे ही आने को बोला था। लिफ्ट में चढ़ते हुए एक धुकधुकी-सी हुई कि शुभी कैसी दिख रही होगी, क्या अटायर होगा उसका!

"सर, आपका 6th फ्लोर आ गया।"

उस वक्त कॉरिडोर में बच्चे खेल रहे थे और 631 नंबर फ्लैट सामने ही था– शुभी सूर्यांश, अदिति अद्वैत।

'शुभी सूर्यांशsss' अतुल ने हिम्मत करके बेल दबाया।

देखो न मैं फिर वही खड़ा हूँ

एक उम्र होती थी

तेरे दर पर ही सुबह शाम होती थी

तुम्हें पुकारना ही मेरी पार्थना थी

मैं वही प्रार्थना दुबारा दुहरा रहा हूँ।

“देर से खड़े थे क्या ?” शुभी पर्पल अटायर में थी। अतुल का पसंदीदा रंग।

“दोपहर से ही तुम्हारा इंतजार कर रही थी।”

“सॉरी, वो कुछ दोस्त आ गए थे। उसी में लेट हो गया। फिर बारिश में देर तक सोता रहा।”

“झूठ न बोलो। अदिति बेटा, अंकल को हेलो बोलो।”

“गुड इवनिंग अंकल!”

“Hi ! गुड इवनिंग ! आदिति, ये तुम्हारे लिए।”

“Wow !”

“इसको चॉकलेट बहुत पसंद हैं। तुम क्या लोगे ?”

“अभी तो एक कॉफी।”

“भूख मार डालेगी।”

“कोई बात नहीं।”

“अंकल, आओ मैं आपको अपना रूम दिखाती हूँ।”

डॉल हाउस मास्टर बेडरूम के एक कोने में सजा व्हॉइट और पिंक रंग से रंगा लकड़ियों का ढाँचा था। पिछली गर्मियों में अतुल ने भी अपनी बेटी अनन्या के लिए खरीदा था। डॉल हाउस के ऊपर एक प्यारे-से फोटोफ्रेम में शुभी और सूर्यांश की हैप्पी कपल की तस्वीर थी। शुभी को तस्वीरों से बहुत लगाव था।

“अतुल, एक अच्छी मुस्कान दो। हमारी शादी होने के बाद मैं पूरे कमरे को हम लोगों की तस्वीरों से सजाऊँगी। शुभी और अतुल।”

अतुल फोटो खिंचवाते ऊब जाता था। था। आज भी उसके क्लाउड स्टोरेज में शुभी के साथ कितनी फोटोज होंगी।

“अंकल, आप की फेवरेट डॉल कौन-सी है ?”

“आप हो मेरी फेवरेट डॉल, सिंड्रेला।”

"बेटा, अंकल को तंग न करो। हम लोग बाद में खेलेंगे। अतुल, प्लीज हैव एक कॉफी।"

'अतुल प्लीज',

अतुल को प्लीज शब्द खटका। उसने मन में ही दुहराया।

"सूर्यांश कहाँ है ?"

"वो अमेरिका गए हैं। कोविड लॉकडाउन में बिजनेस अस्त-व्यस्त हो गया था। कंपनी ने रिएस्टेब्लिशमेंट के लिए भेजा है। नेक्स्ट वीक आ रहे हैं।"

"तुम्हारे लिए बकलावा लाया था, तुम्हारी फेवरेट।"

"अब मीठा कहाँ खाती हूँ। डायबटिक हो गई हूँ। दूसरे बेबी में मोटापा बढ़ गया तो अब छोड़ दिया है।"

"तो चॉकलेट्स भी नहीं ?"

"यार मैं बच्ची नहीं रही... बताओ दिल्ली से आए हुए एक महीना हो गया और जनाब की कोई खबर ही नहीं।"

"तुम दिल्ली आती हो तो फोन करती हो ?" मैं हिम्मत जुटा रहा था।

"और निकिता मैम से मिल भी लिए, वीडियो की शूटिंग भी हो गई।" शुभी ने जैसे ताना मारा।

अतुल चुप था।

"तुमने जवाब नहीं दिया।"

चुप्पी लंबी बनी रही।

"सारे प्रश्न जवाब देने के लिए नहीं होते हैं।" अतुल बात को टालना चाह रहा था।

"तुम सही हो। सारे प्रश्न जवाब देने के लिए नहीं होते हैं। डिबेट्स में अक्सर लोग जिन सवालों को टालना चाहते हैं, उसे स्किप कर देते हैं। तुम्हारे डिबेट्स मैं टीवी पर जरूर देखती हूँ। एक तुम्हारे डिबेट्स में ही स्तर होता है, मैक्सिमम में चीख-चिल्लाहट रहती है।"

"लेकिन मेरी टीआरपी सबसे लो रहती है। चैनलवालों ने इसीलिए मेरे शो की टाइमिंग चेंज कर दी है।"

"तुमने चेंज की या चेंज हो गई?"

"दोनों कारण थे। आफ्टर ऑल आई एम एडिटोरियल हेड।"

"लेकिन तुम्हारे विडियोज पर व्यू नहीं मिल रहे हैं। जिस दुनिया को तुम लेकर चल रहे हो वो एक पुरानी दुनिया है। बेगम, नवाब, कैसरबाग, दिलकुशा ऑल आर यूजलेस फॉर नेक्स्ट जेनरेशन। अपने लखनऊ को ही देखो, कितना बदल गया है। पुराने लखनऊ से चार-गुना बड़ा हो गया है। अब यहाँ टीसीएस, एचसीएल, टेक सिटी, लुलु हैं, स्टेडियम हैं। तुम एक बार कैसरबाग और अपनी यूनिवर्सिटी से बाहर तो निकलो। (अगले साल) हम आजादी का अमृत महोत्सव मनाने जा रहे हैं और तुम सामंती नवाबों और उनकी बेगमों की दुनिया में ठहर से गए हो।"

"तुम प्रोफेशनल हो।"

"और तुम? पता है, तुम्हारे जैसे लोग बस पुरानी चीजें, अतीत, स्मृतियाँ आदि में डूबकर सिंपैथी इकट्ठा करते हैं और कभी निकिता मैम तो कभी उसके बाँहों में पड़े रहते हैं।"

"सुनो, एम सॉरी, आई शुड नॉट से दिस।" शुभी अपने शब्दों को दुहरा रही थी।

"कोई बात नहीं, पहले दसियों बार सुन चुका हूँ। आज कई सालों बाद सुना।" अतुल को इस बार ज्यादा तल्ख लगा।

दोनों के बीच एक लंबी चुप्पी बनी रही।

"डिनर लगाऊँ? तुम्हारी फेवरेट भरवाँ करेले हैं। लंच के लिए बनाए थे लेकिन अब डिनर का टाइम हो गया है।"

"पेट भरा सा है।"

"बेटा?"

"अभी तीन महीने का है। दिन-रात सोया रहता है।"

“तुम्हारे ऊपर गया है।”

“मैं अब आलसी नहीं रही। दो ऑनलाइन क्यूएसआर रन करा रही हूँ।

“तुम्हारा डिवोर्स हो गया या प्रोसेस में है? अनन्या डिवोर्स के बाद तुम्हारे साथ रहेगी या प्रीति के साथ?”

“कोर्ट जो डिसाइड करे।”

“शुभी, मैं निकलता हूँ।”

“डिनर तो कर लेते।”

“किसी और समय अभी निक्की बुला रहा है।”

“सूर्यांश आते हैं तो किसी दिन आओ।”

अतुल ने अनसुना किया। वह जल्दी से भागना चाह रहा था।

23.3

अतुल बहुत हल्का महसूस कर रहा था। कई दिनों का तनाव पिघल रहा था। उसे भूख-सी महसूस हुई। कुछ ही समय में वह हजरतगंज के अपने फेवरेट मोती महल रेस्त्राँ में था।

दो सैंडविच और एक कॉफी।

24.1

"अभी आधा घंटा रुक जाइए, डॉक्टर साहब विजिट पर हैं।"

"ठीक है?"

"अब एकदम ठीक है। आज से डॉक्टर्स ने हल्का खाना के लिए कहा है। ऑक्सीजन लेवल भी इंप्रूव हो रहा है।"

विन्नी को खीज हुई। वह खिचड़ी ही लाया था।

"बस पूरा दिन मैच देखते हैं। थोड़ा मना कर दिया करें। हम लोग कहते हैं तो नहीं मानते।"

फिनायल की तेज तीक्ष्ण गंध नथुने में महसूस हो रही थी। विन्नी कॉरिडोर में डॉक्टर्स की चहलकदमी को सुन रहा था। सभी मास्क लगाए चेहरे दिख रहे थे। एक खौफ-सा पसर गया लगता था जीवन में। यह कोविड की दूसरी लहर की शुरुआत थी।

हल्के ब्लू गाउन में वो लेटे थे। ऐसे सोए थे जैसे महीनों से सोए हों। विन्नी बगल की कुर्सी पर बैठ गया। घंटे भर बाद वो उठे। सोकर उठने के बाद चेहरा कितना बदल जाता है न, लगता नहीं कि सोने वाला आदमी वही है–शांत, निश्चिंत, अपनी चिंताओं से परे।

"डॉक्टर कह रहे थे कि पूरा दिन मैच देखते हैं। कभी यूट्यूब पर कभी टीवी पर। इतना ठीक नहीं है, स्ट्रेस बढ़ता है। अभी ताजा कोविड से उबरे हैं।"

"विन्नी, यदि कपिल ने विव रिचर्ड्स का कैच छोड़ दिया होता तो क्या होता? आज मैं कितने वर्षों बाद उस मैच को देख रहा था। एकदम

से डर गया।"

"यदि श्रीशांत ने मिसबाह का कैच छोड़ दिया होता तो?"

लेकिन 83 अलग था। हम लोग हॉस्टल में चंदा इकट्ठा करके टीवी खरीदे थे।"

"आपकी टीवी आज भी हॉस्टल के कॉमन रूम में पड़ी है। हालाँकि अब बंद रहती है। उसकी वजह से कॉमन रूम एंटीक गैलरी टाइप लगता है।"

"उस समय जवान होना अलग एहसास था। तब मैंने तुम्हारी आंटी को पटाने के चक्कर में उनके प्रोजेक्ट का बयाना ले लिया था। एक महीने तक एक शब्द नहीं लिखा था। अगले महीने रात-दिन जग के मैंने प्रोजेक्ट पूरा किया था।" बोलते-बोलते शिवपाल एकदम चुप हो गए। शायद वो बहुत कुछ कहना चाहते थे।

चाय-कॉफी मँगाओ।" इस बार शांत होकर बोले ऐसा लगा कि वो अपने दुखदाई वर्तमान में वापस आ गए हो।

"सूप मँगाता हूँ। आपके लिए भी ठीक रहेगा।"

"मैंने एफिडेविट तैयार कर दिया है। तुमने देखा?"

"कोई फायदा?"

"तुम मुझे गिल्ट फील ना कराओ। तुम मेरी जगह होते तो क्या करते? जिसकी बेटी की लाश पड़ी हो वह क्या करे? आशीष को ट्रायल में फायदा मिलेगा। विन्नी, मैंने वसीयत भी बनाई है। एक बार पढ़ लो, कोई सुझाव हो तो देना।"

"मैंने देखा है, कल आपने दिया था पढ़ने के लिए। आपको हो क्या गया है, अभी आप आरव की शादी देखेंगे?"

"अब और जीना नहीं चाहता हूँ। जो कुछ था वह सब तो निधि के साथ चला गया। मैंने तुम्हें आरव की जिम्मेदारी सौंप दी है।" वो छत को ताकती दो नम आँखें थीं। सबसे बचकर अपने आँसू पी रही थीं।

"तुमने मेरी वसीयत ठीक से पढ़ी, क्या लिखा है?"

"मेरी लाश को लकड़ियों से जलाया जाए इलेक्ट्रिक से नहीं– हो क्या गया है आपको?"

"रूढ़िवादी हो गया हूँ न! निधि की माँ से नब्बे के दशक में लव मैरिज। अब फिर इस तरह सोचना..."

"बात उसकी नहीं है। आप उम्मीद छोड़ रहे हैं।" विन्नी ने उनकी बात काटते हुए कहा।

"जब मैं आईसीयू में था तो मेरे बगल में एक 18 साल का लड़का एडमिट था। बहुत हैंडसम, बहुत प्यारा। ऑक्सीजन लेवल 87 पर भर्ती था लेकिन उसकी कंडीशन इंप्रूव नहीं हुई। तीन-चार दिन बाद ही वह एक्सपायर हो गया। अभी उसके पिता भी आज चल बसे।"

"आपको यह सब कौन बताता है?"

"जब मुझे आईसीयू से हटाया जा रहा था तो तुम देखे होगे एक ब्लू टी-शर्ट में 50 की उम्र के आदमी मेरी बेड पर शिफ्ट हुए थे। वो ही कुमार साहब थे। विन्नी, मैं गाजीपुर के सुदूर देहात से था। तुम्हारी आंटी लखनऊवा शहराती थी। कितने पापड़ बेले उसे पटाने में मैंने। जब हम प्यार में थे तो दुनिया कितनी खूबसूरत लगती थी। जब शादी कर रहे थे तब दुनिया थोड़ी और खूबसूरत हो गई। निधि पैदा हुई तो मुझे अपनी खुशियों से जलन होने लगी और डर भी लगने लगा। हर सुबह उठते ही आशिमा के हाथों की चाय पीता था। जीवन का यही सबसे बड़ा सुख था। निधि ने बड़ी होते ही हमारी पार्टी ज्वॉइन कर ली। पहले आशिमा छोड़ के गई, फिर निधि ने छोड़ा। अब अकेले न चाय में वो स्वाद है न जीवन में। विन्नी, तुम आरव का ध्यान रखना। उसे स्ट्रेस मत देना किसी भी तरह का। मैं उसे अपना सब दे रहा हूँ। ही शुड हैपी ऐट ऑल। बस एक अच्छा इंसान बनने देना।

"सुनो!" वे फुसफुसाए, "जिस दिन आरव की शादी होगी, उस दिन

मुझे, आशिमा और निधि को भी जरूर बुलाना। उन पितरों में पिता पक्ष के ही पितर होते हैं। मातृ पक्ष से नहीं बुलाया जाता है। लेकिन तुम हम लोगों को जरूर बुलाना। प्लीज!"

24.2

"शिवपाल, आरव के लिए माफ कर दो।" हरेंद्र ने डबडबाती आँखों से कहा था।

"माफी? क्या वो सही हैं? मेरी लड़ाई किससे है? शायद यह मेरी नियति थी।" शिवपाल उलझन में कमरे में टहलने लगे। यह उनका दिन भर का संघर्ष था।

'मेरी मौत का जिम्मेदार आशीष है।' हवा में झूलते ये शब्द हैं जो उनसे टकराते रहते हैं।

बिन्नी के जाने के बाद वो देर तक टहलते रहे। कमरे की लंबाई-चौड़ाई नापते उनके कदम। ऊबकर गैलरी में निकल गए। गैलरी में दोपहर की धूप पसर आई थी। एक-आध वार्डबॉय के अलावा कोई दिखा नहीं। उन्होंने कैंटीन से काफी मँगाई, उसे देर तक सिप करके पीते रहे। समय उनके लिए पहाड़ बन गया था, जिसे काटना मुश्किल था। फिर कमरे में आकर बिस्तर पर निढाल पड़ गए। उनकी इच्छा बहुत गहरी नींद सोने की थी। ऐसी नींद जिसकी सुबह न हो। पिछले चार महीने से शिवपाल रोज ही ऐसा सोचते। कुछ भी करने की ऊर्जा नहीं बची थी उनमें। वो देर तक करवट बदलते रहे।

25.1

"अच्छा बेटा, आप यह बताओ, 15 रुपीज में 3 एप्पल मिलते हैं तो 8 एप्पल कितने में मिलेंगे?"

"मैम, 40 रुपीज में।"

"क्वॉइट जीनियस ब्वॉय!"

"येस मैम, ही इज वेरी इंटेलीजेंट। कानपुर में भी बहुत अच्छे स्कूल से पढ़ रहा था। वो तो ट्रेजेडी हो गई।"

"कोई बात नहीं। हम क्लास 1 में एडमिशन ले लेते हैं।"

"थैंक्स शिखा, मैं तो टेंस हो गई थी। दो स्कूल्स ने रिजेक्ट कर दिया था कि एक जेल गए पिता के बेटे को हम एडमिशन नहीं दे सकते।"

"रितु देख, मेरा स्कूल बहुत ब्रांडेड तो नहीं है लेकिन तुम्हें निराशा हाथ नहीं लगेगी। विन्नी कहा है?"

"वो अर्जुन को प्लेग्राउंड दिखाने ले गए हैं। दोनों में एक मिनट भी नहीं पटती।"

"बच्चों का तो ऐसा ही है। हमारा प्ले ग्राउंड बहुत बड़ा है, चल तुझे भी दिखाती हूँ... मोहन जी!"

"जी मैम।"

"कोई मुझसे मिलने आए तो आधे घंटे बाद का अप्वॉइंट दे देना, मैं आ रही हूँ।"

अप्रैल के शुरुआती दिनों की धूप थी। सामने एकाना स्टेडियम का मटमैला रंग पुराने रोमन साम्राज्य के कोलोसियम की तरह खड़ा था। धूप

पड़ते ही मटमैला रंग थोड़ा सफेद की झाँस दे रहा था।

"बहुत बड़ा कंपाउंड है।"

कमरे से आर्टिफिशियल रौशनी के निकलने के बाद अचानक से रौशनी का उजास दिख रहा था।

"पापा की सारी रिटायरमेंट की पूँजी इस जमीन में लगी थी। हालाँकि तब जमीनें यहाँ सस्ती थीं। अब तो यहाँ जमीनों में आग लगी हुई है।"

"आरव, आप को प्लेग्राउंड कैसा लग रहा है?"

"मम्मी यहाँ आओ, आरव प्लीज कम।" विन्नी और अर्जुन वालीबॉल खेल रहे थे।

आरव के अंदर एक भय बैठ गया था, इसलिए वह खुल के एंजॉय नहीं कर पा रहा था।

"तुम्हें क्या बुलाता है?"

"आंटी कहता है।"

"अपनी मम्मी को बहुत मिस करता है। सोते वक्त रोने लगता है। कभी-कभी तो सपने में मॉम-मॉम चिल्लाते हुए उठता है। पिछले चार महीने से कोई ऐसी रात नहीं गुजरी जब मैंने पूरी नींद ली हो।" रितु चुप हो गई, निधि की धुँधली याद उभर आई।

"मेरे स्कूल का एक क्रिकेट अकादमी से टाई-अप है। तुम इसको उसमें भेजना। जितना फिजिकल एक्सरसाइज में इन्वॉल्व होगा, उतना ही पुरानी चीजों से दूर होगा।"

"शिखा, तुम्हारा प्लेग्राउंड सुपर है। आई थिंक दि बिगेस्ट इन लखनऊ। अर्जुन भी तुम्हारे स्कूल में पढ़ना चाह रहा है।"

"मोस्ट वेलकम! तुम भी एडमिशन करा लो, विन्नी।"

"श्योर, किस क्लास में?"

"तुम तीनों का खेलना हो जाए तो बताना, मैंने बस हाफटाइम के लिए ही परमिशन ली है।"

"वर्क फ्रॉम होम।"

"सर दर्द है, नो एंज्वॉयमेंट, वन्ली वर्क।" रितु निराश थी।

"स्कूल्स भी तो अभी ऑनलाइन ही चल रहे हैं। बच्चों की खिलखिलाहट कितनी मिस हो रही है इन दिनों।"

"थैंक्स शिखा! तुमने मेरा सिरदर्द दूर कर दिया।"

"अरे नो नीड टू से थैंक्स। आरव के बुक्स वगैरह यूनिवर्सल से ले लेना और एकदम टेंशन मत लेना। ही इज ऐज लाइक माय चाइल्ड।"

25.2

"छत पर अचानक! मैं तुम्हें नीचे ढूँढ़ रहा था।"

"यूँ ही आ गई थी देखो पूरा लखनऊ दिखता है। सामने गोमती नदी है। तुम गाँव में थे तो बच्चों के साथ रोज ऊपर आकर इनको स्टोरी सुनाती थी, और खाना खिलाती थी। आरव को संभालना कठिन हो रहा था। बड़ा होगा तो इस सच को कैसे झेलेगा "

"देखा जाएगा मुझे तो आरव के एडमिशन की चिंता लगी रहती थी।"

"डेविड वाले तो माना कर दिए थे। प्रिंसिपल ने कहा की एक मर्डरर पिता और आत्महत्या की मदर के लड़के को हम एडमिशन नहीं देंगे।

"इसमें बच्चे का क्या दोष। कानपुर के इतने अच्छे स्कूल में पढ़ रहा था।"

"स्कूल यह भी ठीक है। आरव इंटेलिजेंट है।"

"तुम्हारे बिना घर एकदम सुना-सा लग रहा था। एक डर-सा बैठ जाता है कभी-कभी। तुम भी एकदम चुप से हो गए हो।" रितु ने विन्नी की हथेली को छुआ। वहाँ अब भी ठंडापन था।

"डोंट बी सिली। अंकल भी एफिडेविट दे रहे हैं कि मैंने भावावेश में मुकदमा लिखवाया था। मैं इसको आगे कंटिन्यू नहीं करना चाहता हूँ।"

"कोई मदद ?"

"हाँ, जब वादी ही केस लड़ने में इंटरेस्टेड नहीं है फिर मोरल ग्राउंड है। आरव की परवरिश को लेकर हाई कोर्ट से जमानत की उम्मीद है। यदि

लोअर कोर्ट से नहीं मिली तो।"

"मैं भी सोच रहा हूँ कि अपना रूटीन काम तो करूँ ही। जिस दिन किताब लिखने का मन होगा उस दिन वो भी लिख लिया जाएगा। कल से यूनिवर्सिटी जाने की भी सोच रहा था।"

"यूनिवर्सिटी जाओगे, मतलब कोई दबाव नहीं है? मेरे पास दो बार डीन सर का फोन आ चुका है। तुम शायद पिक नहीं कर रहे थे।"

"जाऊँगा नेक्स्ट मंडे से, सोच रहा हूँ।"

"विन्नी, क्या आशीष नयी जिंदगी शुरू कर पाएगा?"

26.1

माटी, जनपद न्यायालय, कानपुर देहात

"ऑर्डर-ऑर्डर, न्यायाधीश महोदय पधार रहे हैं। कृपया सभी लोग खड़े हो जाएँ।"

जज साहब ने बैठते ही दो-तीन फाइलों को देखा।

"एसपीओ साहब, बेल की फाइलें देखी जाएँ।"

"महोदय, मैं दिवाकर, सरकार वर्सेस आशीष st no 408/21 की बेल के लिए।"

"महोदय, मैं अनिरुद्ध, सरकार वर्सेस सुनीति st no 403 की बेल के लिए।"

"St no 408 की कार्यवाही शुरू की जाए।"

"माय लॉर्डशिप, मैं डिफेंस लॉयर दिवाकर कुमार, केस नंबर 408... माय लॉर्डशिप, मैं अपने क्लाइंट आशीष की बेल के लिए प्रार्थना कर रहा हूँ, जो कि आईपीसी 306 के अपराध में जेल में बंद है। माय लॉर्डशिप, मेरा क्लाइंट आईआईटी रुड़की से पढ़ा है। भारत की सबसे बड़ी इंजीनियरिंग फर्म में नौकरी करता है। एक सभ्य परिवार से आता है। इसके विरुद्ध जो अपराध पुलिस ने प्रॉसेक्यूट किया है कि इसने अपनी पत्नी को इतनी प्रताड़ना दी की उसने आत्महत्या कर ली। माय लॉर्डशिप, आप पूरी केस डायरी देखें, कहीं भी पुलिस ने कोई साक्ष्य ऐसा नहीं दिया है जिससे स्पष्ट हो कि मेरे क्लाइंट ने मृतका को पूर्व में प्रताड़ना दी हो। क्या कोई

एप्लीकेशन मृतका ने मेरे क्लाइंट के विरुद्ध पूर्व में दिया है? अर्थात मेरे क्लाइंट ने मृतका को प्रताड़ित किया हो, ऐसा कोई साक्ष्य नहीं है।"

"माय लॉर्डशिप पुलिस केस डायरी में क्या कोई ऐसा गवाह है जिसने कहा हो कि मेरे क्लाइंट ने कभी अपनी पत्नी का उत्पीड़न किया है? माय लॉर्डशिप, स्वयं वादी अर्थात मृतका के पिता के पास कोई ठोस साक्ष्य नहीं है जिससे साबित हो कि मेरे क्लाइंट ने मृतका का कोई उत्पीड़न किया था। कोई टेलीफोनिक वार्ता, मैसेज, कोई डायरी या पत्र, कुछ भी नहीं है। माय लॉर्डशिप, स्वयं वादी मृतका के पिता शपथपत्र दे रहे हैं जिसमें उनका कहना है कि उन्होंने एफआईआर भावुकता में लिखा दी थी। उनके दामाद अर्थात मेरे क्लाइंट आशीष का कोई दोष नहीं है।"

"माय लॉर्डशिप, पुलिस एकमात्र सुसाइड नोट के आधार पर मेरे क्लाइंट को अभियुक्त मान रही है। पूर्व का कोई इतिहास नहीं देख रही है। सुसाइड नोट पर जो साइकोलॉजिकल एक्सपर्ट की राय है, माय लॉर्डशिप, मैं उसे पढ़ के सुनाता हूँ– 'यह सुसाइड नोट जल्दबाजी/अनिश्चितता की स्थिति में लिखा प्रतीत हो रहा है। यह पूर्णतया सडेन हीट यानी त्वरित गुस्से में किया कार्य लगता है।' माय लॉर्डशिप, मेरे क्लाइंट का इकलौता लड़का आरव है जो माँ की मृत्यु और पिता की अनुपस्थिति में अनाथ की तरह जिंदगी व्यतीत कर रहा है। बच्चे की बेहतर परवरिश के लिए मेरे क्लाइंट का बेल मिलना अत्यंत आवश्यक है। अनुग्रहित करें।"

एडवोकेट दिवाकर बैठते ही टेबल पर रखा पानी गटकने लगे। फिर अपने नोट्स देखने लगे। उन्हें राहत हुई कि कोई प्वॉइंट छूटा नहीं है। कोई 70 साल के आस-पास होने वाले थे। जल्दी कोर्ट में नहीं खड़े होते। वो तो हरेंद्र बाबू की रिक्वेस्ट थी तो आ गए थे।

"एसपीओ साहब, पब्लिक प्रॉसिक्यूटर, आप अपना पक्ष रखें।"

"माय लॉर्डशिप, केस डायरी का पेज 37– 'मेरी मौत का सिर्फ आशीष जिम्मेदार है।' यह सुसाइड नोट है माय लॉर्डशिप, यह मृतका का

मृत्युपूर्व लेख है जो कि हैंडराइटिंग एक्सपर्ट से प्रमाणित है। पेज नंबर 89– एक्सपर्ट राय संलग्न। माय लॉर्डशिप, मानसिक प्रताड़ना बंद कमरे की विषय वस्तु है जिसे बाहर शेयर नहीं किया जा सकता। इसीलिए इन मामलों में प्रत्यक्षदर्शी साक्षी मिलना मुश्किल होता है। माय लॉर्डशिप, मृतका का सुसाइड नोट एक प्रकार का मृत्युपूर्व बयान है, जो संदेह से परे है।"

"माय लॉर्डशिप, एक प्रताड़ना से मृत्यु हुई है, इसलिए वादी के शपथपत्र देने से अपराध कम नहीं हो जाता है। अभियुक्त आशीष दोषी है। अत: माय लॉर्डशिप, मैं जमानत दिए जाने का पूर्णतया विरोध करता हूँ।"

"और कोई दलील किसी भी पक्ष की?" जज पूछते हैं।

"नहीं श्रीमान, धन्यवाद!"

"थैंक्स! अगली बेल हियरिंग..."

"जज साहब शाम तक फैसला सुनाएँगे, तब तक लंच करके आया जाए।" *

विन्नी को भूख-सी महसूस हुई।

विन्नी ने असहाय और हताश निगाहों से आशीष को देखा। आशीष कटघरे में शांत दूसरे कैदियों के साथ खड़ा था। विन्नी अपने छोटे भाई के लिए कुछ न कर पाने की हताशा और निराशा में था।

"आशीष, कुछ खाओगे? फैसला लंच बाद जज साहब सुनाएँगे। सुबह जल्दी घर से निकलना पड़ा, कुछ ला नहीं पाया।"

"भैया, जेल से खा के ही निकला था। भैया, क्या बेल मिल जाएगी?"

आशीष का यक्ष प्रश्न विन्नी की हताशा को बढ़ा रहा था।

"क्यों नहीं!" विन्नी की आवाज में संदेह था। "मैं तुम्हारे लिए मंचूरियन लाता हूँ।"

आशीष से बहुत लंबी बात करने से विन्नी बचने लगा था। दोनों एक-दूसरे से बचने लगे थे कि पता नहीं कब जख्म हरे हो जाएँ।

"वकील साहब, क्या यहाँ मंचूरियन मिल जाएगा?"

"हाँ, लेकिन बहुत टेस्टी नहीं।"

"आशीष को बहुत पसंद है। रुड़की में रहा है। उसे पहाड़ी खाने बहुत पसंद हैं।"

"नया बसा कस्बा है, देखते हैं एक-दो ठीक-ठाक दुकानें हैं।"

"आपको क्या लगता है, बेल मिल जाएगी?"

"मुश्किल है, बच्चे का ग्राउंड ही इकलौता ऐसा ग्राउंड है जिससे बेल मिल सकती है। सुसाइड नोट इंपोर्टेंट हैं। इसीलिए पब्लिक प्रॉसिक्यूटर कॉन्फिडेंस में थे। वो ज्यादा बहस करके अपना समय नहीं खराब करना चाहते हैं। बहुत टू द प्वाइंट दलील देते हैं। मैं आपको झूठा दिलासा नहीं दे सकता। मैं यहाँ का सबसे सीनियर एडवोकेट हूँ। आपके पिताजी नहीं कहे होते तो मैं यह केस नहीं लड़ता। आपके पिता जी ने एक बार मुझे बचाया था, वह औरैया में शहर कोतवाल थे। मर्डर के झूठे मुकदमे में मुझे फँसाया गया था, तब मैं नयी-नयी प्रैक्टिस करता था। उन्होंने मुझे निर्दोष साबित किया था। तुम्हारे पिता ने बड़ी बहादुरी से इस क्षेत्र में काम किया और डकैती के खात्मे में उनका बड़ा योगदान है।"

'घर के बाहर भी पिताओं की दुनिया होती है।' विन्नी को पहली बार लगा।

"यहाँ बेल नहीं मिली तो हाई कोर्ट प्रयास किया जाएगा, अब तो लड़ाई लड़नी है।"

'वकील कभी निराश नहीं करते हैं। यही एक ऐसा प्रोफेशन है जो फाँसी पर लटकने वाले व्यक्ति को भी उम्मीद देता है।' विन्नी ने सोचा।

सेंगर ढाबा, कानपुर देहात।

"घाटमपुर कानपुर शहर में है तो कोर्ट कानपुर देहात क्यों?"

"1999 में कानपुर का बँटवारा हुआ था तब घाटमपुर और बिल्हौर तहसील कानपुर देहात में चले गए थे। फिर वहाँ की जनता ने आंदोलन

किया। दोनों तहसीलें कानपुर से जुड़ीं लेकिन न्यायाधिकार कानपुर देहात में ही रह गया।"

कोर्ट में लंच के बाद अपेक्षाकृत शांति थी। कुछ भी फिल्मी नहीं था। सिस्टम शांत भाव से काम कर रहा था। फिल्मों की तरह कोर्ट की चीख-चिल्लाहट क्लाइमेक्स जैसा कुछ भी नहीं था। आशीष धीमे-धीमे मंचूरियन चबा रहा था। ज्यादा फ्राई हो गया था, इसलिए खींच रहा था। शायद उसे पसंद नहीं आ रहा था। आशीष अक्सर स्कूल में लंच लेकर नहीं आता था। विन्नी ही अपना लंच शेयर करता था उसे। एक बार स्कूल में आशीष को पूरे दिन धूप में खड़े होने की सजा मिली थी। विन्नी ने कई बार चाहा कि उसकी जगह जाकर खड़ा हो जाए। लेकिन यह संभव नहीं था। आज फिर से वह असहाय हो गया था। विन्नी के मन में आया कि वह कोर्ट में चीखकर कहे कि जो सजा भाई को देनी है, वह उसे दे दी जाए।

कोर्ट परिसर धीरे-धीरे खाली हो रहा था। बेल रिजेक्ट हो चुकी थी। विनीत की आशीष को बताने की हिम्मत नहीं हो रही थी। हालाँकि आशीष जान गया था।

"भैया, आरव कैसा है? मुझे मिस करता है न, पता नहीं कब मिल पाऊँगा!"

"आशीष, हम लोग पूरा प्रयास कर रहे हैं। परेशान मत हो, हौसला बनाए रखना।"

विन्नी ने जल्दबाजी में किसी तरह आशीष से कहा। हालाँकि वे हवा में झूलते खोखले शब्द थे, अलगनी पर आँधी में टँगे कपड़े की तरह। विन्नी को महसूस हुआ कि इन शब्दों का कोई मूल्य नहीं रह गया है।

"दिल छोटा मत करना, मैं हाईकोर्ट में बेल के लिए अप्लाई करूँगा। जल्दी ही कोई रास्ता निकलेगा। तुम्हारे लिए कुछ टी-शर्ट्स और शॉर्ट्स हैं गर्मियों के लिए। और ये कुछ किताबे हैं, तुम्हारी फेवरेट स्टीफन हॉकिंग की 'समय का संछिप्त इतिहास' भी है।

"भैया, जेलर अपना आईआईटी का जूनियर है। जल्दी ही कोई कोठरी दे देगा, तब रात में पढ़ने का इंतजाम हो जाएगा। बैरक में 20 आदमी होते हैं, इसलिए पढ़ना-लिखना मुश्किल रहता है। दिन तो जैसे-तैसे कट जाता है, रात में जब नींद उचट जाती है तो बीतने का नाम नहीं लेती है। बहुत बुरे-बुरे खयाल आने लगते हैं।"

26.2

शहर पार करते आठ बज गए थे। विन्नी को थकान लग रही थी सुबह का ही निकला था। विन्नी का मन हुआ कहीं गाड़ी खड़ी करके भाग जाए। वह आरव को फेस करने से बच रहा था। आरव का एक ही प्रश्न होगा– मम्मी, पापा कब आएँगे?

विन्नी ने गाड़ी एक ढाबे पर खड़ी की। एक चाय पी फिर दूसरी फिर तीसरी। देर तक पास के खेतों को देखता रहा। चाँदनी की उजास खेतों में थी। जब वो और आशीष दोनों छोटे थे तो चाँदनी रातों में छत पर कितना उधम मचाते थे। कभी इस छत से उस छत दौड़ते रहते थे।

विन्नी को फिर अपनी जिम्मेदारियाँ याद आने लगीं। कल हाईकोर्ट में आशीष की बेल के लिए अप्लाई करना है। शिवपाल अंकल को डिस्चार्ज कराना है। अतुल को भी कल से फीवर आ रहा है।

विन्नी गाड़ी में बैठा अपनी सारी प्रार्थनाएँ मन में दुहराने लगा।

26.3

यह बैरक नंबर-3 थी। कुल 20 कैदी थे जिसमें 4 हत्या के आरोपी, 8 लूट और डकैती के थे। एक सम्राट तो सीरियल किलर था। उनके लिए जेल घर की तरह था। रात-दिन ताश पत्ते खेलते उन सबका दिन बीतता था।

आशीष के लिए यह ऐसी दुनिया थी जिसके बारे में उसने दुस्वप्न में भी नहीं सोचा था। वह चुपचाप अपने पूरे किए हुए प्रोजेक्ट्स और नयी कल्पनाओं से समय काटता था।

आशीष को अब अंदर से एक छोटी-सी खुशी थी कि जल्दी ही उसे कोठरी मिल जाएगी तो कुछ पढ़ते हुए समय काट लेगा। वह बार-बार झोले में विनीत की दी हुई किताबों को देख रहा था।

27.1

“605, अतुल।”

“येस!”

“सर, छठवें फ्लोर पर आप राइट से लिफ्ट ले लीजिएगा, एंड सर प्लीज, वियर मास्क प्रॉपरली, सिचुएशन इज वेरी हार्श इन सिटी।”

“ओके, थैंक्स!”

यह दूसरी लहर थी। उम्मीद नहीं थी कि आएगी। अभी तो पहली के खत्म होने का जश्न भी ठीक से नहीं माना पाए थे लोग। कोविड ने पिछले एक साल से तबाह कर रखा था। पता नहीं कब जाएगा, सब यही सोचते थे। पहली से भी खतरनाक दूसरी लहर थी। कल एक स्टूडेंट के फादर एक्सपायर हो गए थे।

“सर, लिफ्ट बंद है, स्टेयर्स यूज करें।”

कॉरिडोर में डराने वाली शांति पसरी पड़ी थी। विनीत को एकदम से घबराहट होने लगी। अभी निधि के पापा डिस्चार्ज नहीं हुए कि अतुल एडमिट हो गया।

“विन्नी, हाँफ रहे हो भाई?”

“अरे यार कोविड की वजह से लिफ्ट बंद थी।”

“पानी पी लो। रोज कहता हूँ कि जिम चलो, लेकिन तुम सुनते कहाँ हो। बस आलसियों की तरह पड़े रहना है। कभी चले भी गए तो खस्ता और कचौरी-जलेबी पेट में जाना चाहिए।”

निखिल की बातों में झुझलाहट थी।

"कैसी तबीयत है? तूने फोन किया तो मैं डर गया। एक तो कोविड ने डर बना दिया है, ऊपर से हॉस्पिटल, नाम सुन के ही डर लगता है।"

"ठीक है, नो नीड टो वरी मच। शाम को अचानक दीपेंद्र ने फोन करके बताया इसे बहुत चक्कर आ रहे थे और फीवर था। मुझे लगा ऑक्सीजन लेवल डाउन हो गया होगा। ज्यादातर प्राइवेट हॉस्पिटल बंद थे। वो तो अपना शोभित है, यह उसी का हॉस्पिटल है। शोभित कह रहा था कि घबराहट से बीपी अचानक लो हो गया है, कोई घबराने की बात नहीं है। कोविड का इंपैक्ट थोड़ा-सा है। फेफड़े ठीक हैं, कोई इन्फेक्शन नहीं है। ऑक्सीजन लेवल ठीक है।"

"तुझे डिस्टर्ब नहीं करना चाह रहा था लेकिन मैं खुद अंदर से डर गया था। कल से बेटे को भी फीवर आ रहा है। विन्नी, सब ठीक होगा न? कल ही ससुर जी के बड़े भाई एक्सपायर हो गए। कहीं से कोई शुभ सूचना नहीं आ रही है। अब तो नींद की गोली भी लेने लगा है।" निखिल जल्दबाजी में बड़बड़ा रहा था।

"नींद की गोली! साला हॉस्टल में तो घोड़े बेच के सोता था। आठ बजे अलार्म बजने के बाद जगता था। एग्जाम में इसका पेन-पेंसिल तो मैं तैयार करता था।"

"एक बार तो तूने जगाया नहीं तो पूरा एग्जाम मेरे कमरे से दिया था।"

"जयपुर पीसीएस देने गया था तो होटल में ना रुक के प्लेटफॉर्म पर सो गया था।"

"तब शुभी को गिफ्ट देने के पैसे बचा रहा था। अब तो डिप्रेशन की गोली भी ले रहा है। अपनी शादी टूटने से डिप्रेस है। बेटी को लेकर भी चिंतित रहता है, कोर्ट पता नहीं किसको हक देगा! प्रीति तो अच्छी लड़की थी, पता नहीं कैसे दोनों का तलाक हो गया! इतने सारे गिल्ट पाल रखे हैं इसने, मत पूछ। शादी शुभी से करना चाहिए था, निकिता मैम से दूरी रखनी चाहिए थी, प्रीति से रिश्ता ऐसे रखना चाहिए था, आदि-इत्यादि। तू गाँव

में था तो रोज शाम को आता था और आधी रात तक अपने गिल्ट सुनाता था। जबसे शुभी के यहाँ लंच पर गया तब से बहुत शांत हो गया है। कई बार डिनर के लिए बुलाया तो टाल देता था। कहीं घूमने भी नहीं निकलता था। एक-दो वीडियो बनाए फिर उसे भी छोड़ दिया।" विन्नी को बिना सुने निखिल अब भी बड़बड़ा रहा था।

"चालीस के आस-पास आदमी गिल्ट में ही जीने लगता है। कभी जॉब को लेकर, कभी संबंधों को लेकर।" विन्नी की प्रतिक्रिया बहुत शांत थी।

"निकिता मैम इसके सभी रिश्तों की राहु-केतु हैं। शादी भी तो एकदम तूफान की तरह किया। शुभी से रिवेंज की तरह। खैर...शुभी को इसके और निकिता मैम के संबंधों का पता था, उसी ने दूरी बना ली थी। निकिता मैम से ही शादी कर लेता।" निखिल ने ठंडी साँस लेकर कहा।

"वो इसको कब से सीरियस लेती ?"

"वैसे यार कुछ भी कहो निकिता मैम एक रहस्य की तरह हैं। उनको समझना असंभव है। कई बार मेरे ऑफिस आई हैं। उनका पोर्टफोलियो मैं ही मैनेज करता हूँ। पिछले कोविड में जब सब लोग मार्केट से पैसा निकाल रहे थे, उन्होंने तब 50 लाख इन्वेस्ट किया। आज एक करोड़ से ऊपर प्रॉफिट हो गया है। गजब की ऊर्जा है उनमें। गजब की गायकी, किस्सागोई, खाना बनाना और इतनी नजाकत और नफासत, सब कुछ।

न उसने कैद किया न हम आजाद हुए
इस तरह से हम किस्सा-ए-शहर हुए।
पता नहीं इस साले से कैसे पट गई।"

"जो कंटेंट इसने बनाए थे उन्हें ज्यादा व्यू नहीं मिले। वाजिद अली शाह और लखनऊ पर वेब सीरीज बनाना चाह रहा था, कोई अच्छा रिस्पॉन्स भी तो नहीं मिला।"

"समय को रोकना चाह रहा है। समय रोकने से कहाँ रुकता है, वह तो मुट्ठी की रेत है, जो हमेशा फिसलती जाती है।"

"अब बहुत कुछ बदल गया है अपने शहर में। तू भी तो आजकल चुप-सा हो गया है।"

"वॉशरूम किधर होगा?" विन्नी को इस प्रश्न की उम्मीद नहीं थी। वह वॉशरूम का बहाना करके निकाला।

निखिल को मालूम था वह बहाना कर रहा है। विन्नी सबसे झूठ बोल सकता था निखिल से नहीं।

टॉयलेट से निकलने के बाद विन्नी का निखिल के पास जाने का एकदम से मन नहीं हुआ। वह कुछ देर तक कॉरिडोर में एक-एक पोस्टर्स और बिल्स को पढ़ने लगा।

सावधानी ही बचाव।

कोविड से लड़ने के तीन हथियार– मास्क, डिस्टेंस, सैनिटाइजर।

"12 बज रहे हैं, चाय पिया जाए।"

"आईटी चौराहा बंद है सब कोविड में।"

आईटी चौराहा और हॉस्टल याद आता है।

"निक्की, कभी-कभी लगता है आज भी उसी कमरे में बंद हूँ। सुबह सुरेंद्र दरवाजा खटखटाएगा और जगाएगा फिर कॉरिडोर में चाय के दौर चलेंगे। आज हम कितने अकेले हैं। तब हॉस्टल से कोई डॉक्टर के पास आ भी जाता था तो पूरा हॉस्टल उसके साथ जाता था।"

"एक बार तु लूज मोशन में एडमिट हुआ था, पूरा ब्लॉक कॉरिडोर में भरा हुआ था। अब तो... कोई पूछने वाला भी नहीं है।"

"हम कितने अकेले हो गए हैं, निखिल!"

"और होते ही जा रहे हैं।"

"निखिल, तुम विश्वास करते हो?" विन्नी मन में बुदबुदाया। निखिल ने शायद सुना नहीं।

"ड्राइवर को भेजकर चाय मँगाता हूँ।"

"बड़ी गोल्डफ्लैक का एक पैकेट भी मँगा लेना।"

"यहाँ कहाँ पिएगा?"

"छत पर चला जाएगा, एक जमाना हो गया तेरे साथ आधी रात को चाय पिए हुए।"

दोनों अरसे बाद इतने शांत थे। एक साथ बैठे थे। दोनों एक-दूसरे के आईने थे। विनीत हालाँकि बात करने से बच रहा था।

"डॉक्टर ने बोला है ठीक हो जाएगा। जल्दी ही डिस्चार्ज कर सकते हैं।"

27.2

माणिक मोर भुलैले हो रामा

माणिक मोर भुलैले हो रामा

"यह बसंत-सी हवा है, तुम चैता गुनगुना रहे हो।"

"इस बार सारे महीने जेठ लगे। वेलेंटाइन वीक कब बीत गया पता ही नहीं चला। कुछ बसंत का तुम सुनाओ, तेरे पास तो कविताओं का खजाना है। कुछ कालीदास का।"

"निखिल, तू तो वेलेंटाइन की बात न किया कर। नेहा को प्रपोज करने गया था, मैंने मना किया था लेकिन माना नहीं। शाम को राजेश का फोन आया कि निखिल नदी की तरफ जा रहा है। मैं भागा-भागा आया था।"

"विन्नी, नदी उस दिन भी ऐसे ही चुपचाप बह रही थी जैसे आज बह रही है। लेकिन तुमने यह नहीं बताया कि नेहा रिलेशन में है?"

"मैं तेरा दिल नहीं तोड़ना चाह रहा था।"

"लेकिन वो जितेंद्र से इंगेज थी, यह मुझे हजम नहीं हो रहा था। पिछले महीने दोनों पति-पत्नी आए थे मेरे पास। अपना पोर्टफोलियो सुधरवाने के लिए। यू बिलीव? जितेंद्र ने 20 लाख का इन्वेस्टमेंट penny stocks में कर रखा था। मैंने मन में सोचा, यह आदमी ही पैनी था। नेहा ने इसे b luechip बना रखा है। नेहा न होती तो 20-25 लाख और penny stocks में लगवाता।"

"नेहा ने तुझे भैया बोला था या?"

"एक मर्डर करने की कितने साल की सजा है?"

"एक सिगरेट और ले।"

"एक चाय और मँगा।"

"अर्ली मॉर्निंग एग्जाम स्पेशल चाय।"

"भाई कैसा है?"

"धीरे-धीरे एडजस्ट हो गया है जेल की जिंदगी में। अंकल भी एफिडेविट दे रहे हैं। हो सकता है कोर्ट कुछ सहानुभूतिपूर्वक विचार करे।"

"मैरिज काउंसलिंग वाली तेरी लाइफ कैसी चल रही है?"

"वो तो कब का छोड़ दिया।"

कितना कुछ बीत जाता है, लेकिन बाहर सब कुछ शांत दिखता है। गोमती एकदम अपनी लय में बह रही थी। स्मृतियाँ पैर पसारने लगीं।

"विन्नी, अतुल वापस दिल्ली जाना चाह रहा है। जब तुम गाँव में थे तब उसने मुझसे कई बार कहा, मैंने तुम्हारे आने तक रोक रखा था।"

"कितना कुछ हमने सोचा था उसके साथ मजे करने के लिए।"

28.1

कोरोना की दूसरी लहर का ज्वार एकदम से उफान पर आ गया था। ऐसा लगा कि लखनऊ शहर को किसी की नजर लग गई हो। शहर भर में पसरा सन्नाटा, सड़कों पर सिर्फ एंबुलेंस की चीखें सुनाई दे रही थीं। भैंसा कुंड शमशान घाट में चिताओं को जलाने के प्लेटफॉर्म कम पड़ गए थे। त्रासदी की कहानियाँ ऐसी कि हर आदमी की प्रार्थना में यही था कि इन कहानियों को दुबारा न सुननी पड़े।

झांसी के एक कस्बे में एक गरीब परिवार के तीन बच्चे माता-पिता के मरने से अनाथ हो गए। सबसे बड़ी बच्ची 10 साल की है। उसी के कंधों पर परिवार का बोझ है। राशन जुटाने से लेकर खाना बनाने तक। मेरठ में एक दंपत्ति ने अपने दो जवान बेटों को एक ही दिन में खो दिया।

त्रासदी अपने पीछे अमानवीयता की कहानियाँ लेकर चलती है। इस अमानवीयता का शिकार सबसे ज्यादा कमजोर बनते हैं। कितने ही माँ-बाप के शव प्लास्टिक में रैप्ड हॉस्पिटल की मोर्चरी में अपनों के इंतजार में घंटों पड़े रहे। उनके अपने कहीं नहीं थे। उनका दाह संस्कार पुलिस प्रशासन और सामाजिक संगठनों ने किया।

इन्हीं में अवधेश बाबू थे। बेटा ऑस्ट्रेलिया में पड़ा रहा। दाह संस्कार हरेंद्र ने ही गाँव वालों के साथ मिलकर किया।

28.2

ज्वार उतरते महीना भर लगा। शिवपाल बाबू और अतुल हॉस्पिटल से डिस्चार्ज होकर घर चले आए।

कोविड ने अतुल को और अकेला कर दिया था। विन्नी, निक्की और निकिता के अलावा उसके पास कोई नहीं था। उसकी प्रार्थनाओं में सिर्फ बेटी अनन्या थी। ठीक होते ही वह दिल्ली जाने की तैयारी करने लगा। हालाँकि यह उत्साहहीन-सी तैयारी थी। न दिल्ली जाने में कोई रोमांच बचा था न ही लखनऊ छोड़ने का कोई गम था। पिछली बार लखनऊ आने में कितना खुश था।

29.1

"पिछले दो-तीन साल से लखनऊ एक प्यास की तरह महसूस हो रहा था। मैं गलत या सही था, पता नहीं। ऐसा लगता था कि लखनऊ जाऊँगा और सब ठीक हो जाएगा। एक गलतफहमी पाल रखा था।"

"जिन किताबों में फूल रखे होते हैं उन्हें हम जवानी में सबसे छुपाकर रखते हैं। उसकी सुगंध के सहारे जीवन जी रहे होते हैं। एक दिन मैंने उस किताब को खोला, पत्ते झड़ गए थे, बस डंठल बची थी।"

"तू लखनऊ आया ही फालतू में, हमें दिल्ली बुला लिया होता। दिल्ली की खूबसूरती, बत्रा की चाय, सब हम कितना मिस करते हैं! अतुल, तू पहुँच। मेरा और निक्की का नेक्स्ट वीकेंड दिल्ली फाइनल है।"

"विन्नी, जल्दबाजी में पैकिंग में कुछ सामान फ्लैट में रह गया होगा, तुम एक बार देख लेना। मैं निकलता हूँ।" अतुल की आँखें डबडबाई थीं।

'यह जानते हुए कि जाना
हिंदी की सबसे खौफनाक क्रिया है
मैंने उसे जाने दिया'

विन्नी को स्वाति के शब्द बार-बार याद आ रहे थे।

29.2

अप्रैल के आखिरी दिनों की रात थी। विन्नी देर रात तक आसमान निहारता रहा। जेठ का महीना आने वाला है। लखनऊ के लिए यह बड़े मंगल और दशहरी आमों से भरा उत्सव का मौसम होता है। विन्नी अचानक अतुल के बारे में सोचने लगा कि काश वो तीनों दोस्त साथ होते!

आसमान में सप्त ऋषि ढलान पर थे। क्या बाबा अभी भी वहाँ बैठे होंगे? बाबा ने देहत्याग से पहले सबके लिए उपहार रख छोड़ा था।

"विन्नी, तुम्हारे लिए है कि– तुम अभी युवा हो, प्रेम को सीखो, उसे जानो। वेद-वेदांत अवधेश और इंद्रेश के लिए है। तुम्हारे लिए ये कुछ कविता की किताबें हैं। इस उम्र में इतना नीरस होना ठीक नहीं है। प्रेम करो, इसे समझो। एक समय के बाद मानवीय प्रेम और ईश्वरीय प्रेम एक हो जाते हैं।"

बाबा ने यह कहते हुए दो किताबें दी थीं– पुश्किन की प्रेम कविताएँ और मेघदूतम।

विन्नी सिरहाने से किताब उठाकर पुश्किन को पढ़ने लगा–

कहाँ गए वे भावुक पल?
जवान उम्मीदों और
हृदय की शांति के पल?
पहले की-सी ऊष्मा कहाँ गई?
मेरे बसंत के वर्ष
फिर आना!